Tomodachi no imouto ga ore nidake uzai

友達の妹が俺にだけウザい

vol. 10

AUTHOR
三河ごーすと

ILLUSTRATION トマリ

「あ。えっと——いもうと、の、
小日向彩羽です。
あに、が、お世話になってます」

小《こ》日《ひ》向《なた》彩《いろ》羽《は》
中学1年生。乙馬の妹。

「大星と小日向。
おまえらちょっと
体育館裏までよろー」

「あっ、はい」
音《おと》井《い》
中学2年生。
《紅鯉無尊《クリムゾン》》総長。

「それうちのガッコの
制服じゃないッスか。
おにーさん、サボりッスか？」

橘《たちばな》浅《あさ》黄《ぎ》
彩羽の同級生。
馴れ馴れしくてウザい。
「なんだじゃないッスよ。
投げ銭。アタシの歌、
聴いたッスよね？」

CONTENTS

Tomodachi no imouto ga ore nidake uzai

友達の妹が俺にだけウザい 10

三河ごーすと

GA文庫

カバー・口絵・本文イラスト
トマリ

000

Tomodachi no imouto ga ore nidake uz

前回のあらすじ

馴《な》れ合い無用、彼女不要、友達は真に価値ある一人がいればいい。『青春』の一切《いっさい》は非効率、苛酷な人生レースを生き抜くためには無駄を極限まで省くべし――かつてそんな信条を胸に生きていた俺《おれ》、大星明照《おおぼしあきてる》は修学旅行で元ニセ恋人である真白《ましろ》と、友達の妹である彩羽《いろは》の二人の間を行ったり来たりするダブルブッキング状態のデートを堪能するというクソムーブをかましてしまった。正直、もう二度とこの導入を使う資格を失ったのではないかという懸念はさておき、衝撃の事実が明らかになる。

「信じられないのも仕方ないけど、受け入れろよ。俺が巻貝《まきがい》なまこなんだよ、ばーか」
『信じられないのも仕方ないけど、受け入れろよ。俺が巻貝なまこなんだよ、ばーか』

観覧車の中。真白と二人きりの密室状態で、目の前の女の子の口と、スマホの通話口から、同じ台詞《せりふ》が同時に聞こえた。

そう、ずっとお世話になってる好青年な大学生作家だと思っていた巻貝なまこ先生の正体は月ノ森《つきのもり》真白――俺の幼なじみでありニセ恋人でもあった女の子だったのだ！

まさかの事実に困惑する俺に、真白は事の経緯を打ち明ける。

だがすべての秘密を脱ぎ捨てて、あるがままの自分を100パーセント見せてくれた真白に対し、俺にはまだ隠している真実があった。

そう――それは《5階同盟》最大の秘密。謎《なぞ》の声優旅団Xの正体が小日向《こひなた》彩羽であるという、トップシークレット。

真白の覚悟に応《こた》えるために、その信用に応えるために、俺はようやく重い口を開いたのだ。

今から語られるのは始まりの物語。《5階同盟》が始まる前の、0《ゼロ》の物語。

友達の妹が――小日向彩羽が、まだ、誰《だれ》に対してもウザくなかった頃の物語だ。

「いもウザ」登場人物紹介

大星《おおぼし》 明照《あきてる》

主人公。超効率厨な高2。《5階同盟》プロデューサー。環境音を作業用BGMにすることで集中力UPを図る。

小日向《こひなた》 彩羽《いろは》

高1。清楚な優等生だが明照にだけウザい。演技の天才。カラオケでは周囲の空気を読んで選曲するタイプ。

月ノ森《つきのもり》 真白《ましろ》

高2。明照の従姉妹で元ニセ彼女で作家・巻貝なまこ。人前で歌うのは苦手だが歌は上手く、ヒトカラが大好き。

小日向《こひなた》 乙馬《おずま》

高2。通称オズ。明照の唯一の友達。《5階同盟》エンジニア。電子音を好むため、じつはEDMをたまに聞く。

影石《かげいし》 菫《すみれ》

数学教師兼神絵師・紫式部先生。酔っぱらうと近くの人を巻き込んでアニソンを歌いはじめるハタ迷惑なダメ女。

音井《おとい》 ●●

高2。下の名前は非公開。《5階同盟》の頼れるサウンド担当。外見に似合わず、デスメタル好きのデスボイス。

影石《かげいし》 翠《みどり》

高2。演技×の演劇部長。全教科満点の怪物優等生。音楽も得意だが、リコーダーを見ると不埒な妄想をしがち。

友坂《ともさか》 茶々良《ささら》

高1。彩羽の元ライバルで現友達。SNSインフルエンサー。息を吸うようにトレンドの音楽をサブスクで抑える。

綺羅星《きらぼし》 金糸雀《カナリア》

巻貝なまこ担当の敏腕アイドル編集者。語尾がチュン。自分のアイドル活動用の曲のストックが108曲ある。

prologue

Tomodachi no imouto ga ore nidake uzai

プロローグ

それは俺《おれ》がまだ中学二年生の頃の話。

七月初旬。

セミの鳴き声がけたたましく響き、太陽光で灼《や》けたアスファルトからはむわっとした熱気が立ち昇る。歩いてるだけで強制的に汗だくにされるのに、その上、建物に逃げ込めば寒すぎる冷房のせいで腹を壊しかける地獄のような季節である。まじウザい。

うぼぁー……ぼぇぇー……と昨日遊んだゾンビゲームの真似《まね》をしながら歩く俺は完全無欠に不審者だったが、そうでもしなければ目の前に伸びる坂道を上がりきる自信が持てずにいた。

もう下校時刻だっていうのに、なんでまだこんなに暑いんだ。夕方なら夕方らしくしろってんだ、日本の天気。……と、しょうもない愚痴をこぼしてみたり。

周囲を見渡してみれば友達同士で楽しく会話しながら下校している同い年ぐらいの生徒たち。

あぢー、と文句を言ったり、互いにうちわであおぎあってるあたり感じてる暑さは同じなんだろうが、会話のおかげで時間を忘れられるんだから羨《うらや》ましい限りである。

こちとらニアリーぼっちだっての。文句あっか。

などとふてくされた本心をわざわざ表に出すこともなく、俺はうっそりと坂道を歩いていた。

やっとの思いで我が家のマンションにたどり着く。

ロビーに足を踏み入れると、冷房のおかげで一気に涼しくなって――。

「あれ？」

――ふと、ロビーの片隅で誰《だれ》かがうずくまっているのに気づいた。

伸ばし放題の長い髪。制服もただ着ているだけ、って感じで着こなしなんかまるで意識してない。顔がハッキリ見えないせいもあって、他人に良い第一印象を与えにくいであろうそいつの姿に、俺はむしろホッとして表情をゆるめた。

友達だったからだ。

「こんなところで何してるんだ？　オズ」

「ん……。ああ、アキか。おかえり」

顔を上げたことでようやく前髪の隙間《すきま》から見慣れた目が覗《のぞ》く。

変わり者と噂《うわさ》され、教室で居場所のなかったオズと仲良くなり始めたのがもう一年前。

唯一の拠《よ》り所だった理科室も不良生徒からの悪意ある密告と、理科室の教師の裏切りにより奪われて。行き場を失くして茫然《ぼうぜん》としていたオズに、俺は声をかけたんだ。

『家で実験を続けることはできないのか？』

――と。

すると彼は『うちはそういうのは……』と言いかけて、それから何か考え込むようにピタリと止まった。

『家で発明品を作ったら、アキは見に来てくれるのかな』

『見に行くだけで活動を続けてくれるならいくらでも行くぞ。活動場所がないだけで腐らせるにはもったいなさすぎる才能だし』

『そっか。だったら……べつにいいかな』


あの人を無視して、家で活動しても。


そんなつぶやきが聞こえた気がしたけれど、俺はその言葉の意味はよくわからなかった。

何はともあれそれ以来、俺とオズの距離はますます縮まって。

俺は、天才が自信を持って天才のまま何かを為《な》す姿を見ていたいと、そう思うようになっていった。


――そんでもって、今。

「マンションのタイルの図形を見て三角関数のことでも考えてたのか？」

「まさか。いくら僕でもそんな無意味なことしないよ」

からかうように言ってみせた俺に、オズはきっぱりとそう答え、訂正する。

「ロビーに使われているタイルの大きさからマンション全体に使われているタイルの枚数と、その金額を計算してただけだよ。……まあ、ただ頭の中で数字を遊ばせてただけだけどね。暇つぶしにはちょうどよくて」

「凡人のくせに中途半端《ちゅうとはんぱ》な数学知識でイジってしまい大変申し訳ありませんでした」

敗北の陳謝だった。

これからは天才をからかうのはやめておこう。絶対オーバーキルで返されるから。

「……で、なんでこんなところで数字遊びを？」

「このマンション、部屋の鍵《かぎ》は電子ロックじゃないんだ」

「すまん。間を飛ばさないで順番に説明してくれ」

オズの会話はときどきめっちゃ飛ぶ。

ＰＣがいちいちＣＰＵでどんな計算を処理しているのかをユーザーに伝えず、素早く欲しい結果だけを処理するように、オズの台詞《せりふ》も大事な言葉が抜けがちなのだ。

自覚はないけど歩み寄る気はあるようで、オズはえっと、と指をくるくるさせて言葉を選ぶ。

「電子ロックならハッキングすれば鍵を開けられるでしょ」

「八百屋には野菜が売ってるでしょみたいなノリで言われるとアレだが……まあ、そうだな」

「でもここは物質としての鍵がないと、開錠できない仕組みでね」

「当然、そうだな」

「だからこうしてタイルの枚数を計算してたのさ」

「ストップ！　飛んだ！　大事な情報がひとつ抜けてる！」

すかさずツッコミを入れる。

え？　という、とぼけた顔をするオズに、俺はため息まじりに。

「どうして家に入れなかったのか。直接の理由をハッキリ教えてくれ」

「ああ、なるほど。――今朝《けさ》、家の鍵を家に置いてきちゃったみたいなんだ」

「よし理解した！　それで帰れずに立ち尽くしてたわけか！　オッケー、オッケー！」

大げさに拍手をして、説明を終えたオズを讃《たた》える。

正直、「いやぁ、家の鍵を忘れちゃってさ～」とだけ言ってくれたら、それで充分だったんだけど。

そこに一発で至れないからこそのオズ――小日向乙馬《こひなたおずま》なのだから、仕方ない。

「家が隣でよかったな」

「？　なんで？」

「オズの親が帰ってくるまで俺の家で待てるだろ。上がっていけよ」

家の鍵をちらつかせてエレベーターのほうを親指でさす。

そう――俺とオズはお隣同士だ。

俺は中学入学直前に今のマンションの5階、502号室に引っ越してきた。舞台俳優の衣装やメイク、スタイリング等を一手に請け負っている会社を夫婦で経営している両親のおかげでそこそこ広くて暮らしやすい良いマンションに住むことができたのだが……ワケあって、俺は先月からひとり暮らしをしている。

……いやまあ隠すほどでもないからぶっちゃけるが経営する会社が本格的に米国に進出するとか何とかで両親が海外へ行くこととなったのだ。

以前から親戚筋で付き合いのある女優である海月《みづき》さんのスタイリングのためにうちの母親が出張で海外へ行くことも多かったのだが、今回あらためて米国に拠点を構えることとなり移住することになったたってわけだ。

もちろん俺も連れていくと言われていたが、無理を言って日本に残らせてもらった。

理由は言うまでもなく、すでにオズと友達になっていたから。

家族とのアメリカ暮らしと友達のどっちを取るんだと言われて、後者を選ぶ人間はあんまりいないかもしれない。ましてや家族仲はべつに悪くないとなればなおさらだ。

けれど俺はもうオズの才能と、そんな才能が今後生み出すであろうあらゆる価値への興味と好奇心が最高潮で、他のあらゆるものがどうでも良くなっていたんだ。

駆け巡る脳内物質！　エンドルフィン……！　チロシン……！　エンケファリン……！　とかいうどこぞの闇《やみ》の帝王じみた感覚に後押しされるまま、俺は日本に残る決意を両親に伝えた。

結果的に俺の熱意は伝わり、認められ――。

502号室の契約を続けてもらい、自由に使える生活費とクレジットカードを渡してもらう、至れり尽くせりの環境を認めてくれたのは……我が親ながら本当に息子への溺愛っぷりが凄《すご》いと思う。……いや、感謝してるけど。

実際、俺ってやつはとんでもないワガママ野郎だ。ひとり暮らしに適している、狭くて安いマンションへ引っ越したらどうだという至極正論、極めて真っ当な親の提案を却下し、絶対に502号室から動かん！と駄々をこねた自分の姿は、自分でも思い出したくない。黒歴史だ。

——いや、だってさぁ。仕方ないじゃんか……。

お隣の503号室に小日向家、つまりオズの家があるなんていう神が与えたとしか思えない絶好のポジション、手放せるわけないだろ？

ってわけでお隣のよしみで家に誘ったのだが、オズはその場を動こうとしなかった。

「大丈夫だよ。そろそろ家族が帰ってくる」

「ありゃ、そうなのか。母親？」

「ううん。うちの母さん、忙しいみたいで。あんまり帰らないし」

「お、おう。あんまり深入りしないでおくよ」

家庭の闇が垣間見えて、俺はすぐさま適切な距離を取った。

親が忙しいからといって不幸とは限らない。うちも似たようなもんだけど家族仲は良いし。

けどまあ地雷が埋まってる可能性がすこしでもあるなら、気を遣っておいて損はない。

安定択、ってやつだ。

「でもそれじゃあ、家族って？」

「ああ。えっとね。実は——」

と、オズが口を開きかけたときだった。

背後から自動ドアの開く音とともに道路の雑多な音が聞こえて、思わず振り返ると——。

……風の流れが、変わった。

物理的に風が吹き込んできただけじゃない。芸能人が突然現れたら周囲の空気がガラリと変わるだろ？　あの感じ。

見えもしないのに風がレモン色に見えた気がして、嗅げるはずのない距離からでも俺の鼻は甘酸っぱい香りを吸い込んだ錯覚でドキリとする。

山吹色の髪は肩の高さ。猫のようなアーモンド形の瞳《ひとみ》。純白の生地に、赤のリボンが差し色として映えるセーラー服。体の前で両手で持った学生鞄《かばん》が、どことなく真面目《まじめ》で優等生っぽい。

そして何よりもその顔は——小日向乙馬によく似てる。そんな女子生徒が、ロビーに入ってくるなりまっすぐに近づいてきた。

「何やってるの、お兄ちゃん」

「おかえり、彩羽《いろは》。帰りの時間が早くて助かったよ。鍵を忘れてきちゃってさ」

「………。そっ」

顔面にスキンを貼《は》りつけたみたいな微妙な笑顔をオズが向けると、山吹色の頭のセーラー服女子はそっけない返事をしてからちらりと俺のほうを見た。

「こちらの人は？」

「クラスメイトのアキ。お隣さん。友達」

「ふーん、友達。……えっ、友達⁉」

興味なさげに目を伏せた直後、バッ、と顔を上げて目を見開いた。

その表情は、天然記念物やら初めて見る幽霊やらを見るような驚愕《きょうがく》の色に染まっている。

……友達の存在がこれほど意外がられるって、どうなんだ？

と思いつつも兄の貴重な友達が変なやつだと思われたらアレなので、俺も精一杯の誠実さで好意的なコミュニケーションを取るべく笑顔を浮かべた。

「小日向……乙馬くんの友達やらせてもらってます、大星明照《おおぼしあきてる》です。よろしく」

「あ。えっと──妹《いもうと》、の、小日向彩羽です。兄《あに》、が、お世話になってます」

途中、声が小さくて聞き取りにくかったが、どうにか意味は汲《く》み取れた。

山吹色のセーラー服女子の名前は小日向彩羽で、オズの妹ってことらしい。同じマンションでずっと暮らしてたんだろうに、不思議と彼女の姿を見たのはこれが初めてだった。……まあ、赤の他人であるご近所さんの認識なんて、そんなものかもしれないけど。

これが、合縁奇縁の始まり。

俺と、友達の妹っていう、限りなく他人なのに実は近い距離にいたらしい女の子との運命的でもラブコメ的でも何でもない、ごくごく普通の日常的な——

だけど今後の俺の人生にウザいくらいに絶大な影響を与えた、ウザさの欠片《かけら》もない——

——出会いだった。

＊

『——と、それが俺と彩羽の出会いだったんだ』

『彩羽ちゃんとの馴れ初めを滔々《とうとう》と聞かされるこの時間、なんなんだろ……全部聞き終わったらNTR《寝取られ》趣味が開花するとか、ないよね……？』

『何ブツブツ言ってるんだ？　真白《ましろ》』

『……なんでもない。続けて、どうぞ』

『おう。ここからは音井《おとい》さんも登場してくるんだけどな——』

『また違う女との馴れ初め……でもちょっと気になるかも。音井さんの過去』

『あの人はな。なんていうか、こう、凄かった』

『どうしよう、観覧車からアキを突き落とさずに最後まで聞けるかな……不安になってきた』

001

Tomodachi no imouto ga ore nidake uzai

第1話　友達の妹がもしかして不良

「しかし昨日は驚いたよ。まさかオズに妹がいたなんて、ぜんぜん知らなかった」

「一度も話したことないからね」

翌日。学校の教室。廊下側の一番後ろの席で。俺《おれ》とオズは声をひそめて会話していた。

大きな声を出したところで聞く人もいないだろうに自意識過剰だ、と思われるかもしれないが、クラスの中で肩身の狭い側の俺たちだからそこは仕方ない。変に目をつけられてイケてるやつらの攻撃対象になりたくなくて自然と声も小さくなる。

つい先月、オズが理科室を使えなくなるきっかけを作った連中は今もまだ教室にいる。オズの邪魔をしたあいつらに俺も啖呵《たんか》を切っちまったが、これから両親が米国で夢を叶《かな》えようってときに息子の俺が暴力事件なんて起こしたら大変なことになると思って――グッとこらえて、殴られるままになった。バレないように顔を避けてくれたから、親に気づかれることなく海外に送り出せたわけで、そこんところは感謝してるけど。

まあそんなことがあったから連中とは目も合わせないし、教室内でのさばってるあいつらと揉《も》めてた俺は他の生徒からしても腫れ物扱いで、視界に入れたくなさそうな雰囲気を醸される

ことも しょっちゅうだ。

だから俺もオズも教室の中じゃ空気のように存在感を消して過ごさなければならない。人権って何なんだろうなぁ……。

と思いながら一時限目の準備をしようと教科書を取り出したとき、すぐ後ろの戸がガラガラと無遠慮な音を立てて開かれた。

（香水――いや、シャンプーの匂《にお》いか？）

一瞬、ふわりと香った女子特有のそれにピクリと反応してしまう。悲しき思春期の男子、俺。

しかしその直後、すぐ脇《わき》を颯爽《さっそう》と通りすぎていく横顔に……え？と目を瞬いた。

口に咥《くわ》えたキャンディの棒。

カチューシャで雑にまとめただけのしゃれっ気のない長い赤毛。

夏服の半袖《はんそで》シャツとミニのスカートは他の女子と同じだが、ウインドブレーカーを半脱ぎにして両腕に引っかけているのはあきらかにおかしかった。ふつう夏にそれ着てこないだろ……。暑いのか寒いのかどっちなんだよ。

というか、だいたい、そもそも、だ。

――誰《だれ》だ、今の。クラスにあんな女子、いたっけ？

そう思っていたら教室がにわかにざわつき始めた。

「音井《おとい》さんだ……」

「マジかよ、あの音井？　退学になったって噂だろ？」

「それは言いすぎ。たしか停学でしょ。そういえばうちのクラスだったよね」

「今年初めての登校じゃね」

「《紅鯉無尊《クリムゾン》》の総長、音井……初めて見たけど、オーラやべえ……！」

ざわ……ざわ……。と、噂話《うわさ》が泡のように浮いたり消えたり。

どうやらクラスメイトたちは彼女のことを知っているみたいだ。状況についていけず茫然《ぼうぜん》としているのは俺とオズくらいのようで、ほとんどの生徒が奇異と恐怖の視線を赤毛の女子生徒に向けていた。

……そういえばうちのクラス、二年になってから今日まで一度も誰も座っていなかった空白の席があったっけ。

あまりにもいないのが当然すぎて名前すら記憶してないけど。

赤毛の女子生徒——他の生徒たち曰《いわ》く『音井』といううらしい彼女は、まっすぐに教室の前方、俺とオズを酷《ひど》い目に遭わせてくれたクラスの不良たちに近づいていく。

ああ……なんだ。そっち側か。そりゃそうだよな。

停学だか退学だか知らないが、そんなもん食らうやつなんて不良の仲間に決まってる。

「お、音井……ひ、久しぶりじゃん」

「おひさー」

怖がっているのだろうか、引きつった表情で音井を迎える不良たち。

逆に表情筋をピクリとも動かさず音井は不良たちが椅子《いす》にしていた席を指さした。

「そこ、ウチの席なー」

「あ、ああ、わりぃ。今まで無人だったからよ」

「おけおけ。まー、うるさいことは言わんから。気にすんなー」

「へ、へへっ、音井はやっぱ器がでけえや」

……なんだありゃ。

教室ででかい顔をしてたやつらが、まるで三下の子分みたいにヘコヘコしてやがる。

空けられた席に気だるそうに腰かける音井。そして彼女は、ばつが悪そうな顔でそそくさとその場から去ろうとする不良たちの背中に向けて言う。

「なー、おまえらさー。一個訊《き》いていいかー?」

「はひっ⁉ な、なんだよ」

「最近、教師を巻き込んだ揉めごと起こしたり、同級生殴ったり、ずいぶん派手な動きしてるやつがこのクラスにいるらしいんだがー。どこの誰か知ってるかー?」

「……そ、そいつをどうする気だよ」

「んや。根性あると思ってなー。そんな気合い入ったやつがいるなら会ってみたいんよ」

「ほ、本当か⁉」

ビビっていた表情がパッと明るくなった。

不良どもは前のめりになって――

「お、俺、おれおれ！　俺たちだよっ」

「おー、やっぱりおまえらかー。へー、なかなかやるなー。そこまでのやつウチのチームにもあんまいないぞー」

「マジ⁉　じゃあ俺らも《紅鯉無尊《クリムゾン》》に入れてもらえるってことか⁉　やべえ！」

「ちなみにー、具体的には何をやったんだー？」

「数学オリンピックだか何だか知らねえけどよ、もさくてだせぇ見た目のくせに特別待遇とか調子乗りすぎでさ。シメてやったんだよ！」

「あそこの小日向《こひなた》と大星《おおぼし》な！　なー、大星ぃ？　そうだよなぁ⁉」

名前を出されてビクッと拳《こぶし》が震えた。怯《おび》え……よりも、怒りで。

さすがにもういちど攻撃されたら、やり返さずにいられる自信はあまりない。

「おいおい無視はひどいじゃんよ」

不良男子はニヤニヤと汚い笑みを浮かべてこっちに近づこうと一歩を踏み出した。

おいやめろってば。こっちは大人しくしてるんだから、ちょっかい出すなよ。お願いだから変なトラブルに巻き込まないでくれ。

そう、祈っていると――。


ずってーーーーん！

「ぶぎゃ⁉」


と、その不良が盛大にコケた。漫画でしか見たことないような豪快な顔面ダイブだった。

転倒の影響で周りの机や椅子が滅茶苦茶《めちゃくちゃ》に倒れ、机から飛び出した教科書の山が倒れた男の後頭部にバラバラと降《ふ》り注《そそ》ぐ。

後に残されたのは、うつ伏せに倒れた姿のまま羞恥で耳まで真っ赤《まっか》になりながら起き上がることさえできない不良生徒と、その無様な姿を茫然と見つめたまま笑うこともできずにシーンと静まり返るクラスメイトたち。

その中でただひとり、自分のペースを保っている者がいた。

「はぁ～……めんどくさ。……ったく、ウチがいない間に好き勝手に暴《あば》れやがって」

「て、てめえ！　何しやがる！」

不良の足元に片足を差し出し、引っかけた、張本人――音井は気だるそうに立ち上がると、
転倒した生徒の仲間が声を荒らげるのを無視して、倒れている不良の後頭部を鷲《わし》づかみにした。

ぐわっと顔を持ち上げ、鼻血を流した情けない面を晒《さら》す彼の耳元で、音井は囁《ささや》く。

「おまえらみたいな考えなしの馬鹿《ばか》は、《紅鯉無尊《クリムゾン》》にはいらんのよなー」

「あ……ぐ……あ……」

「イジメとか暴力ってのはさー、ふつうに犯罪なんよ。学校の取り締まりが厳しくなったり、警察が目を光らせるようになったら、どう責任取ってくれるんだ?」

「……ご、ごめっ……なさっ……」

「おまえらのやってることは、ウチらの活動の邪魔になってるんよなー。わかるかー?」

「ひゃ、ひゃい……」

「おっけーおっけー、わかればいいんよー。もう二度とイキがるんじゃないぞ?」

そう言って音井は不良生徒の頭を離すと、くるっと彼の仲間を振り返る。

「――んで? おまえらはまだ文句ありそうな顔してるけどー。やるなら相手になってやるが、めんどくさいからいっぺんに来てくれなー」

「くっ……ううっ……」

相手は男子。人数も多い。なのに音井は恐れるどころか逆に威圧までする余裕っぷり。

屈辱に歯を嚙《か》み、眉《まゆ》を吊り上げて、今にも殴りかかりたくて仕方ないといった表情なのに、不良たちは一歩たりともその場を動けずにいる。

音井は自分の席に戻ると、立ち尽くしている不良男子どもをひと睨《にら》みして――。

「邪魔」

と、ひと言だけ告げると、椅子に腰を落として机に突っ伏して居眠りを始めた。

不良男子どもは悔しそうな顔をしながらも、すごすごと引き下がっていく。

無防備に眠る音井を前にしてさえ、反抗する気にならなかったらしい。

「あの子、隙を見せたら殴られると思ってた。彼らは、なんで殴らなかったんだろう？」

オズが俺にだけ聞《き》こえる小さな声でそう訊いた。

でも、違う。

勝てるなら戦《や》る。勝てないなら戦らない。デジタル判断ならそうするのが自然だろう。

「たとえ熟睡しててもライオンには喧嘩《けんか》を売らないだろ？　そういうことだよ」

「体格から予想できる戦闘力が全然違うし、比較不能だと思うけど」

「そんな厳密な話はしてないんだよなぁ……」

オズの０か１かのデジタル脳はさておき。

実際、あの音井とかいう女子生徒からはただならぬ雰囲気を感じた。

《紅鯉無尊《クリムゾン》》だか何だか知らないが、胡散臭《うさんくさ》そうな不良チームの総長って時点で普通じゃない。

絶対関《かか》わらないようにしとこう……。

触らぬ神に祟《たた》りなし、触らぬヤンキーにパンチなし、だ。

という俺の事なかれ主義は昼休みに打ち砕かれた。

＊

「大星と小日向。おまえらちょっと体育館裏までよろー」

「あっ、はい」


そんな理不尽かつ唐突かつ適当な感じで呼び出されて、弱者である俺とオズは素直に従った。

連れてこられたのは日中でも薄暗い、学校の敷地の中でも片隅の片隅。湿った雑草の蔓延《はびこ》る、いかにも黒ずくめの組織の人間が裏取引をしてそうな現場だった。

体育館で遊んでいるのか部活中なのか、バスケをしてる生徒の声とボールが弾む音だけが遠く聞こえる。呑気《のんき》なやつらめ。まさかその楽しい時間の裏で滅茶苦茶《めちゃくちゃ》怖い不良の総長に、シメられそうになってる哀れな男子たちがいるとは夢にも思うまい……。

「やー、悪いなー、こんな場所に呼び出して。食うかー？」

体育館の裏口の石段に腰かけた音井が、ポケットから取り出した棒キャンディを差し出した。

「これは……？」

「チュパドロ。ウチのお気に入りなんよー」

「学校でおやつは校則違反じゃ……」

「ははは。おまえおもしろいなー。今日までサボってたやつに、そんな正論のツッコミ入れるか？　ふっー」

「やめろとは言わないけどさ。それは人の勝手だし」

校則違反なのはただの事実だ。

「一個もらっていいかな？」

「おう、もってけー」

遠慮なく受け取るオズの脇腹《わきばら》をぐいっと小突く。

「おい、オズ。校則……」

「理科準備室を実験施設にしておいて、いまさらでしょ」

「あれはいいんだよ。おまえの才能のためにはアリだったわけで」

「ええ？　アキの論理はよくわからないよ」

「わかるわけないだろ。論理じゃなくてエゴだからな！」

と、オズといつもの掛け合いを続けていたが、すぐにハッと我に返る。

最強最恐の不良を置いてけぼりにしちまった。不敬だと言われてぶん殴られるかもしれんと思い、恐る恐る顔色をうかがうと――。

「あー、やっぱおもろいわー、おまえら。チュパドロが進むわー」

「唾液の量以外に進む要因あるのか、それ」

「ははは。ツッコミおもろー」

いまいち響いてるのかわからない反応を返される。オズといい音井といい、糠《ぬか》に釘《くぎ》みたいな反応のせいでツッコミがいがあんまりないんだよな。反論でもツッコミ返しでも何でもいいから、もうすこし派手な反応してくれたらこっちも楽しいのに。

とはいえ、音井の俺たちへの印象が良好なのは何よりだ。この様子なら突然ぶちギレられてボコられるみたいな展開もないだろうし。……ない、よな？　ないと信じたい。うん。

とりあえず本題を探ってみるとしよう。

「えーと……で、なんで俺らはここに呼ばれたのかな」

「あー、そうそう。おまえらに聞きたいことがあってなー」

「俺たちに？」

「そう。小日向彩羽《いろは》って後輩、知ってるよなー？　小日向の妹、で合ってるかー？」

「えっ」

予想外の名前が出てきた。

「同姓同名の誰かじゃなければ、小日向彩羽は僕の妹だね」

「そっかー。ちな、どんな子なんだー？」

「どんな子？　……えーっと」

訊かれたオズはビニールを剝《む》いた飴《あめ》を口に入れながら考え込む。

……あれ？　珍しいな……。

オズといえば0か1かのデジタル思考。質問には即断即決。余計なノイズをいっさい挟まず、事実だけをズバリと回答する。

だっていうのに、いまのオズときたらあきらかに答えに困っているようで。

しかも複数の回答の中からどれがより正確かを検討しているといった雰囲気でもない。ただ純粋に答えを知らない、回答にたどり着くための取っ掛かりさえない……そんなテストの難問でつまずく普通の生徒みたいな反応で。

「彩羽……どんな子……？　うーん……どんな子……」

「おいおい、しっかりしてくれー。妹のことだろー？」

「う、うん。そうなんだけどね。えーっと……どうだったかな。うーん……」

本格的に頭を抱えて悩み始めてしまった。

「音井は──」

見るに見かねて、俺は助け船を出そうと口を開く。

「──どうしてオズの妹のことを知りたがってるんだ？」

「んー？」

「俺らからすると脈絡がなさすぎて、どう答えたもんかわからないからさ」

「あー、なるほーなー」

独特の間延びした「なるほどな」で納得を表明すると、音井はこの質問に至った経緯を話し始めた。

「実は《紅鯉無尊《クリムゾン》》の若いのから相談受けててなー」

「若いの、って。せいぜい十三歳から十五歳のチームじゃないのか?」

「そこは気分だから気にすんなー。そういうもんってことでー」

「そういうもんか……そっか……」

ゆるいなぁ、不良社会。

「最近その小日向彩羽って子と仲良くしてるらしくてさー。ウチらのチームにも興味を持ってるらしいから、どんなやつかと思ってなー」

「不良グループに、興味を?」

思わず聞き返してしまう。

オズの妹とは先日、マンションのロビーで顔を合わせただけで、性格なんて知るはずもない。だけどあのとき一瞬だけ挨拶《あいさつ》を交わした第一印象は、大人しくて人見知りの女の子って感じだった。

不良グループの仲間になってブイブイ言わせるタイプのやさぐれ女子には見えなかった。

「やっぱそーいうタイプの子じゃないかー」

「やっぱ、ってことは、ある程度は予想してたってことか？」

「まーなー。1年生の教室にもちょぃと探りを入れてみたんだが、どうも普通の優等生っぽい情報しかなくてなー」

「わかる。そんな雰囲気だった。……ちゃんと話したことはないけど」

「兄貴なら学校では見せない本性も知ってると思ったんだが。なんつーか、苦戦してるなー」

音井の言う通り、オズは、あれぇ？　とSNSでよくおっさんが使ってる絵文字みたいな顔になってる。

どうしたんだろう。同居してる家族の話だってのに。

《紅鯉無尊《クリムゾン》》……だっけ。不良グループって、入りたがってるやつの身辺調査なんてやるんだな」

「どのチームでもやってるかは知らん。ウチはまー、いちおうなー」

「他のチームのスパイが混ざるとヤバいからとか？　何だかワクワクするな、そういうの」

「んや、全然。ご家族の許可が取れそうかチェックしてるだけー」

「家族公認⁉　不良ってそういうシステムなのかよ⁉」

不良文化なんて全然知らないから、そうなんだと言われたら信じざるを得ないけど。

いくらなんでも健全すぎやしないか？

「他人の人生の責任とか取れんし。揉め事《ごと》はめんどいからなー。親と揉めないで済むやつだけ受け入れてるんよ」

「理性的すぎる……」

「意外かー？」

「てっきり、もっとアウトローな連中の集まりかと思ってた」

ホッと息を吐く。肩の力も抜けて、音井に対しても妙な親近感を覚え始めていた。

体育館裏に呼び出されたときはこの世の終わりかと思ったけど、なんだ案外イイやつじゃん
――そう思えてきたら、自然と声も柔らかくなってくる。

「あー、それなー」

音井も世間話の延長という感じの自然体で軽く言った。

「ただナメられるとめんどいことになるから、一応みんな体は鍛えてるぞー」

「生意気言って大変申し訳ありませんでした」

やっぱこええよ、この人。

「まーでも了解。小日向彩羽についてはわかった。教えてくれてありがとなー」

「あ、ちょっと待ってくれ！」

立ち上がり、ぷらぷらと手を振って立ち去ろうとする音井の背中を呼び止める。

「どしたー？」

「結局、オズの妹をチームに加える気なのか？」

「んー……検討中。まあぶっちゃけ、あの子と仲良くしてる後輩から興味ありげな話を聞いただけで、まだ正式に本人から希望が届いたわけでもないしなー。無理にスカウトする気はないけど、本人がどーしても入りたいって言うなら、まー断る理由もないかもなー」

「そっか」

「なんでそんなこと訊くんだー？」

「いろいろとな。こっちも思うところがあるからさ」

「ほーん。まあどうでもいいけどー」

あえてボカした俺の意図に興味を示すはずもなく、音井はだるそうな足取りで立ち去った。

音井の姿が見えなくなると酸素濃度が10％くらい上昇した気がする。

目の前に立ってるだけでどれだけの威圧感だったんだって話だよな……まったく、恐れ入る。

しかしまあ、なんていうか――。

俺の『思うところ』がバレなくてよかった。本当によかった。

だって俺の正直な気持ちは、音井や《紅鯉無尊《クリムゾン》》に対する熱烈なアンチ意識なのだから。

どれだけ温《ぬる》い雰囲気を醸していようと、不良は不良。規範から逸脱し、迷惑行為をする連中なのは間違いないわけで。ロクなもんじゃない。なんて考えてることがバレたら、ボロボロの倉庫でフクロにされていたかも……くわばらくわばら南無阿弥陀仏《なむあみだぶつ》。

――もう一個、気になることがある。

ちらりと隣を見ると、オズはまだ難しい顔で考え込んでいた。独り言は消えていたが、まだ妹の印象について答えにたどり着けていないようで、フリーズしたPCのように固まっている。

「大丈夫か？」

「……うん。いや、どうなんだろう……」

「いやこの質問、即答以外は問題アリって種類の質問だから」

「そうなんだ？　ごめんね、疎くて」

「妹さんとは仲悪いのか？」

「良いも悪いも……『無』、かなぁ……。特に何もないんだよ、僕と彩羽の間には」

「は？」

家族関係を語るときに出てくる単語ランキングでいうと相当下のほうだろ、それ。

好き嫌いを通り越して完全に冷めたその感覚、まるで崩壊寸前の修復不能な家族のようだ。

あるいは、そのもの、なのか？

小日向家の家族仲はそれくらい壊滅的なんだろうか？

……いや、そんなわけあるかよ。だって――……。

「ＬＩＭＥで連絡し合ってたろ？　連絡して、妹の帰りを待ってたじゃんか」

「鍵《かぎ》を忘れてたからね。二ヶ月ぶりに会話したかも」

「ちょ、マジかよ。なんだその関係」

俺が海外に住んでる両親と最後に直接会話したのだって先月だぞ。今月に入ってからだって電話で何度か話した。

それなのに同居している実の兄妹が、二ヶ月も会話しないなんてあり得るのか？

どう考えても普通じゃない。

「変、なのかな？」

「変だよ。めちゃくちゃ変」

「そうなんだね。あまりにあたりまえすぎて全然気づかなかったよ」

「親には何か言われないのか？」

「さあ？　うちは父親がいなくなってから長いし、母親も忙しくてほとんど留守にしてるから。強く干渉されたりしないいんだよね」

「……そっか」

断片的な情報だけでも、小日向家のただならない状況は何となく察せられた。

オズ自身が変わったやつなんだから、その家庭が常軌を逸した状態なのは当然だろと言われたらそれまでだけど。

でも、俺はオズの友達で在ろうと決めたんだ。モヤモヤした何かに気づいているのに、見て見ぬフリで違和感に蓋をして、薄っぺらい表向きだけの友情を築いていこうなんてこれっぽちも思えない。

オズに言わせれば非効率的な思考、無駄の極み、感情に流された愚かな選択なんだろうけど。

それでも俺は、小日向家をこのままにはしておけないと、そう思ってしまった。

「なあオズ。今日の放課後なんだけどさ――」

だから俺はそれを言う。

赤の他人、クラスメイト、ただのお隣さん――そんなお気楽な関係からもう一歩、深く懐《ふところ》に潜り込む決定的なひと言を。

「――おまえん家に遊びに行っていいか？　ゲームでもして遊ぼうぜ」

……ああうん、わかってるって。わざわざ変な前置きをするまでもなく、友達がいたら人生で100回ぐらい言う台詞《せりふ》だよな。でもほとんど友達がいない俺には一大決心が必要な台詞だったんだってば。

＊

そんなこんなで放課後、俺は初めて小日向家にお邪魔していた。

帰宅してゲームのハードとソフト、コントローラーだけを手に徒歩5秒。やってきた俺を、オズはにこやかに迎え入れた。

同じマンションなので間取りは我が家とほぼ同じ。入り口玄関も見慣れた光景だ。あえて違いを探すとすれば香りくらいだろうか。使っている洗剤や消臭剤のたぐいが違うのか、何なのか、理由はわからないけど、とにかく嗅いだことのない香りがした。

女の子のいる家だからか玄関に置かれたスリッパのデザインも動物の絵が入っているもので、どことなく可愛《かわい》らしい。

機能性重視、履《は》ければ同じ、とばかりに茶色灰色の量産型プレーンスリッパしかない我が家とはキュート指数に圧倒的な差がある。

が、そんな違いは後から思えば些細《ささい》なものだった。

小日向家の最も大きな特徴が垣間《かいま》見えたのは、オズに連れられてきたリビングで。

「えっと。ここ、リビング……なのか？」

「そうだよ。何か変かな？」

「いや、変ってわけじゃないんだけど……うちとちょっと違うから、気になってさ」

「へえ、興味深いね。どこが違うの？」

「テレビ」

が、この部屋には、ない。

ダイニングキッチン、食卓、団らん用のソファやカーペットなどはいずれも高級感のある、いわゆる『良い品』が揃《そろ》っている。

テレビやネットで話題の成金有名人のようなわかりやすいTHE金持ちって感じじゃないが、等身大の富裕層というか、理想的な出世街道を歩んでいる中流家庭。番組でこんな家庭が紹介されたら、ああきっと幸せなんだろうなって思える、そんな家だ。

だけど……なんだろう、この違和感。

テレビがないだけ、のはずなのに、それだけじゃないような。

まるで住宅展示場のモデルハウスを見せられてるような――。

それくらい、生活感のない光景で。

「本当にここで暮らしてるん、だよな？」

と、思わずそんな失礼な質問さえ口から出てしまった。

「うん。リビングは使わないけどね」

「使わないって……じゃあ、ずっと自分の部屋に？」

「そうだよ。使うのは冷蔵庫《これ》くらいかな」

リビングには入らずキッチンへ行き、冷蔵庫の戸を開ける。

冷蔵室はきっちりと無駄なく整理整頓されていた。食材が入っているらしいタッパーが詰め込まれていて、飲み物も一部を除いて同じデザインの色違いの容器に移し替えた状態で整然と並んでいる。

業務用か？って疑いたくなるレベルの効率的な冷蔵庫の使い方だ。

オズはペットボトルの水（いろみず、とラベルに書かれた水。飲み終わったら、ぐしゃりとひねりつぶせるやつ）を二本、手に取った。

「アキも飲むよね？」

「あ、ああ。サンキュ」

来客に水、か……。

や、俺は水でも全然構わないし、お茶やジュースを出さないとはけしからんなんて怒り出すような人間は苦手だけど。

微妙に釈然としない気持ちでペットボトルを受け取り、俺はそのままオズの部屋に通された。

間取りは我が家とほぼ同じだから自室の形も見慣れたもの……という予想を覆し、そこには魔境が拡《ひろ》がっていた。

「アイア○マンの主人公か、おまえは」

床一面、埋め尽くさんばかりの機械、機械、機械。

より正確に描写するなら電子部品やエナメル線、電磁コイルやらマグネットワイヤー、ネジに半導体、その他いろいろ。ロボットやドローンの残骸みたいなものが転がっていて、まるで映画で見た発明家のアジトみたいだ。トニ○・スタークな。

「踏んで壊したら怒るよ？」

「なら片づけてくれよ……てかこんな部屋でよく作業できるな」

「僕の中では一番わかりやすい配置なんだよねぇ。自分の思考の順番で物を置いてるからさ」

「小さい部品とか失くすんじゃないか？」

「全然。仮に一瞬行方《ゆくえ》不明になっても、記憶を検索したら一発で見つかる」

「そういうもんか……」

「うん。そういうもの。それにね、一説によればこうやって部屋が散らかっていると発想力が向上して独創的なアイデアを生み出しやすいんだって」

「片づけられないやつの言い訳くせぇ……」

「残念ながら大学で研究されて論文でも発表されてる説だよ」

「生意気言ってすんませんでした」

守備範囲外からの知識で殴るのはやめてほしい。ツッコミのハードルが高すぎるんだよ……。

そんな心の泣き言をそっと胸の奥に隠しつつ、俺はどうにかつま先だけで移動し、物のない空白地帯を探して座った。

「ゲームハード、貸して。繋《つな》げるから」

「お、了解。って、それ、ＰＣのモニタだよな？」

「うん。でもアダプタが対応してるから繋げられるし」

天地堂《てんちどう》ＢＵＴＴＯＮ《ボタン》本体を受け取り、モニタに繋いでいくオズ。

何やらカチャカチャやってる横で、俺は部屋の隅にある勉強机へと目をやった。

ＰＣの大きなモニタ（いま、ゲームで使おうとしてるものとは別だ。この部屋にはモニタがやたらとたくさんある）が堂々と置かれた学校の勉強する気ゼロな有り様も特徴的だけれど、それよりも何よりも目を引くのは、自作ＰＣの本体だった。

ＣＰＵやマザーボードってやつだろうか？　聞きかじりの知識しかない俺じゃ正式名称など知る由もないが、とにかく精密機械であることだけは確かなそれらが剝き出しになっている。

「すごいな。ＰＣもお手製なのかよ」

「大したことないよ。自作ＰＣの手順はネットを調べれば出てくるし、誰でも作れる」

「おまえの『誰でも作れる』は、メジャーリーガーの『誰でも打てる』と同じだからな？」

「思い込みだってば。実際簡単なんだよ？」

そりゃ基礎知識のある人間にとってはそうだろうけどさぁ……。

「自作だと何か良いことあるのか？」

「ないよ。ただの趣味」

「……おっ、それは意外だな。オズなら無意味なことしなそうなのに」

「厳密に言えばメリットはあるけどね。パーツだけ取り換えることができるから、ＣＰＵだけを最新モデルに搭載されてるものに変えたり、市販製品じゃあり得ないぐらいの性能にしたりできる」

「なんだ。しっかりメリットあるじゃん」

「ところがそうでもなくてね。最近は市販製品の性能も高いからさ、正直、オーバースペックなんだ。今より高度な研究をするには自作ＰＣでいけるスペックじゃ結局足りないし……長所は故障したときに自分で修理しやすいことくらいかな」

「なるほどな……これとか自分ではんだ付けしてるんだよな？　ホント、手先が器用だよな」

「父さんの影響でね。昔からこういう工作が好きなんだ」

「父親の……。すまん、言いたくないなら、そこまでで」

小日向家には父親がいない、と聞いたばかりだ。死別か蒸発か別居かは知らないが、あまり掘り返してほしくはないだろう。

そう思ったが、オズは意外とあっけらかんとした様子で。

「大丈夫だよ。死んじゃったわけじゃないから」

「……じゃあ、どこかに？」

「うん。母さんは詳しいことを教えてくれないけど、たぶん海外で好きに生きてるんじゃないかな」

「海外で……子どもや奥さんを置いて？　ひどいな、それ」

「えっ、そう？」

「なんでおまえが疑問形なんだよ」

自分の親の話なのにまるで他人事みたいだ。

「父さん自身の人生幸福度の最大化を目指したら、僕らを残して自由に生きるのが最適解だと思うんだよね」

「そりゃそうかもしれんが。親なら子どもの幸福を優先してもいいような」

「子どもの幸福を優先した方が幸福だっていう価値観の人は勝手にそうするでしょ。父さんはそのタイプの人じゃなかった。ただ、それだけじゃない？」

「正論ではあるけど……」

モヤモヤが残る意見だ、と思う。

それと同時に、なんで俺はモヤモヤを感じてるんだ、とも思う。

親が自分の夢を叶えるために渡米した大星家だって、本質的には同じだろう。俺は俺の理由で日本に残る選択をしたが、親の人生は親の人生、夢を叶えてほしかったから喜んで送り出したし、夢の邪魔になる問題は起こすまいと考えた。

オズの、父親に対しての感覚もそれと同じ。……そう考えたら何もモヤモヤする必要なんてないはずなのに。

「はい、準備完了。何やるの？」

「え？　あ、ああ」

声をかけられ、思考の海から帰ってくる。いつの間にかセッティングが完了していたモニタには見慣れたホーム画面が映っている。

オズからコントローラーを渡された俺はダウンロードしてあるゲームの中から、二人プレイにちょうどいいものを探していった。

「マルコレースとかどうだ？」

「僕は何でもいいよ。どうせどれも初めてだし」

「直感的な操作だから初心者にも優しいぞ。わからないとこがあったら教えるから、遠慮なく訊いてくれよ」

「うん。頼らせてもらうよ、アキ」

コントローラーを手に画面に向かう俺とオズ。

こうして隣に座って友達とゲームをするって、いつぶりだろう？

小学生の頃にはたまにあったけど、中学に上がってからはゲームなんて一人で遊んでばかりだった。……友達がいなかったからだろって？　そうだよ、自覚してるからツッコミ入れんな。

だからまあ、とにかくだ。今この瞬間の時間はすごく新鮮で、掛けがえのないものに感じたってことだ。クサくてありきたりな表現かもしれないけどさ。

しかしまあ俺ももう中学二年だってのに、こんな些細なことでグッとくるなんてガキすぎるよな。

オズとゲームで遊ぶことなんて、小日向家に遊びにきた理由――本題とは、何の関係もないっていうのに。

＊

一時間半ほどゲームで遊んだあたりで、俺の本当の目的が帰ってきた音が聞こえた。

オズの部屋の外、玄関ドアが開閉する音がガチャリ。

来た……！

「すまん。ちょっと席を外させてくれ」

「あれ、逃亡？　もしかしてボコりすぎたかな」

「正直ゲーム初心者のくせにセンスと頭脳だけで無双されて俺のゲーマーとしてのプライドは確かにズタボロだけど違う、そうじゃない」

上級者面して助言するつもり満々で望んだマルコレースだったが、俺が勝てたのは最初だけ。最初の一回でゲームの本質を理解し、実装されてる物理演算の癖《くせ》まで見抜いたらしく、二回目からまったくもって歯が立たなかった。

やる度に記録更新。心が折れるのを通り越していっそどこまで記録を伸ばせるのか楽しみになっちまうぐらいだったのは確かだが……席を立とうとしてるのはそのせいじゃない。

「トイレに行きたくてさ。使っていいか？」

「もちろん」

「しばらく一人でプレイしててくれ」

「うん。そうしとく」

「先に言っておくが、滅茶苦茶長いと思うから安心してゲームに没頭していいぞ」

「嫌な予告だね」

「まあ綺麗《きれい》に使うから。じゃ、行ってくる」

そう言って立ち上がり、部屋を出る。

人ん家で長トイレ宣言なんてほぼテロだよなと自分でも思うが、仕方ない。

――実際、時間がかかる予定なんだから。


オズの部屋から出ると、閉じた扉の向こうからゲームを再開する音。……よしよし、オズはちゃんとゲームをやってるな。

一緒に遊んでて気づいたが、たぶんオズはゲームが好きだ。没頭してハマるタイプでもある。プログラミングが得意なのも関係あるんだろう、遊びながら組まれたプログラムを頭の中で解析したり、どうしたらスコアが伸びるかを探求したりといった作業が好きみたいだ。簡単なゲームを一本与えられたら無限に時間を潰《つぶ》せるんじゃなかろうか。

ま、とりあえずオズには一人で遊んでもらうとして――……。

俺は足音を立てないようにゆっくりとトイレに……は行かず、『いろは』と名前が書かれたプレートが貼《は》られた部屋の前に近づいた。そして、ドアに耳を押し当てる。

そう、今日の俺は遊びに来たわけじゃない。

小日向家を訪れた本当の目的、それは――。


小日向彩羽。オズの妹である後輩女子のことを、根掘り葉掘り、探り尽くすことッ!!


ストーカーじみてる？　うるさい、わかってるんだよそんなこと。

犯罪者一歩手前なのは百も承知だ。キモさ係数クソ高の通報事案なのは覚悟の上だ。

俺はオズの友達だ。友達の妹が不良集団に『興味津々☆接近中♪』なんて聞かされて、そのまま放っておくことなんてできないだろ。

ましてや同居してる実の妹なのに、どんな子か訊かれて即答できない兄ってヤバすぎる。

小日向家には何か闇《やみ》がある。

その闇の正体を突き止めて、小日向彩羽って子のことをちゃんと知って、なるべくなら不良入りを防ぐ。それが、俺のミッションだ。

いやまあ他人様《ひとさま》のことなのに勝手に使命感を持つのはどうなんだと言われたら、そりゃ痛いやつなんだけどさ。

『……～……な……～……――……で……』

「誰かとしゃべってる……？」

部屋の中からくぐもった声が聞こえている。ドア越しなので内容まで聞き取れないが、会話をしているらしいことまでは雰囲気でわかった。

聞こえる声は一人分。友達が家に来てるわけじゃなさそうだ。

たぶん電話をしてるんだろう。ひたすら独り言をつぶやき続けてる痛い子って線もあるにはあるが……さすがに違うよな？

電話相手が例の友達だったら《紅鯉無尊《クリムゾン》》の話題が出るかもしれないが……。

「くそ、よく聞こえないな」

やはり扉一枚隔てたら、声はかなり小さくなってしまう。

どうにかベストポジションを見つけようと、耳を当てる位置を変えて試行錯誤してみる。

『……って、……ごいね。私もそれ、……きたいかも……』

お。いい感じ。

『私が行っても大丈夫なのかな？　先輩たちに生意気なやつって思われたりしない？』

きたきたきたきたぁ！　声が鮮明に聞こえてきた！

なるほどこの位置がいいのか。まさか耳の位置だけでこんなに音の聴こえ方が変わるとは、何でも試してみるもんだな。まるで相手がドアに近づいてきてるんじゃないかってくらい音量が上がってるぜ。

ガチャ。

「え？」

……めっちゃ耳元で変な効果音が鳴ったんだけど、気のせいか？

変な、っていうか、ドアを開ける音っていう、極めて日常的な音。

「橘《たちばな》さんの音楽は好きだけど。私、そういうのあんまり詳しく…………………え？」

そんでもって隔てるものなく明快に聞こえるようになった友達の妹の声がして。

俺の顔にあきらかに人の影らしきものがかかっていて。

「…………」

「…………」

ギギギ、と壊れかけのフランケンシュタインみたいに首を動かし、開け放たれたドアの向こうに立つ彼女のほうを見る。

スマホを耳に当てた友達の妹、小日向彩羽の表情は、直前まで友達と会話していた名残であろう笑顔のままだ。俺と目が合っても、時間が停止したみたいにそのままで。でもそれは、一秒経《た》つごとに唇からだんだん引きつっていき――……。

「き、き――」

「悲鳴キャンセル！」

「ぐむ!?」

叫び出しそうな彼女の口を片手で速攻でふさぎ、もう片方の手でスマホを奪い通話を切った。

その勢いで彼女の部屋に突撃し、ドアを閉じて内鍵をかける。

よし、これで大丈夫だ。悲鳴が通話相手に聞かれることもなく、異変をオズに悟られること

もない。

……って、俺、不審者としての手際が良すぎないか？

なんて大胆なことをしてしまったんだろうと、いまさらながら心臓が激しく高鳴り始めた。

こめかみからは、つうっと冷たい汗が流れ落ちる。

「違うんだ。俺は犯罪者じゃない」

「むー！ むむー！」

涙目で睨みながらジタバタと暴れる友達の妹。

駄目だ、説得力がなさすぎる。

「手を離すから。お願いだから叫ばないでくれ。うなずいてくれたらすぐに離す」

「む……（こくり）」

「よかった。それじゃ離すぞ？ 3、2、1……はい」

「すう、はあっ」

手を離してやると彼女は約束通り叫ばずにいてくれたが――。

バッチーン‼

呼吸を整えて1秒、真剣な目でビンタされた。

「い、いてえ……」

「最低です。人の家に忍び込んで何してるんですか」

「これには仕方ない事情があったんだ……いや、実際悪いことしたのは俺だから、ビンタ一発くらいは甘んじて受けるけども」

「あなたは確か……この前、お兄ちゃんと一緒にいた人ですよね」

「ああ。隣に住んでる大星だよ」

「隣人の家に侵入して部屋の前で聞き耳を立てなきゃならない、仕方ない事情って何ですか。チラリと見かけた私にひと目惚《ぼ》れして変態行為に至ったとか？」

「んなわけあるか。あの一瞬で惚れるとかどんだけ面食いなんだよ」

「面食いって発想になるということは、私の顔がいいって思ってるんですね……正直、かなり怖いんですけど」

「ぐ。細かいところに気づく奴《やつ》だな。性格きついって言われないか？」

「言われませんよ。変態が相手じゃなければ、私だってこんなこと言いませんから」

身を守るように自分の体を抱き、距離を取りながら言う友達の妹。

確かに台詞や表情はだいぶ冷たいが、声や口調は丁寧な物腰の人間のそれだ。普段はどっちかというと攻撃的なタイプではなく真面目《まじめ》で優しい優等生なタイプなんだろう。

ひと目惚れ、って単語が自然と出てくるあたり実は心の中での自己評価は高そうだけど。

「てかなんで突然部屋から出てきたんだ？」

ドアを開けられなきゃバレることもなかったのに。

「私の家で私が何をしようと勝手ですよね」

「そりゃそうだが……」

「飲み物を取りに行こうとしただけですよ。電話してたら喉《のど》かわいたので」

「普通すぎる理由だった」

「当たり前じゃないですか、普通の日常を送ってたんですから。……ついさっきまで！」

「そこ突かれると痛いな……おっと」

手の中でスマホが震えた。

『橘浅黄』という名前が画面に表示されている。

これが例の、仲良くしてる《紅鯉無尊《クリムゾン》》の若いの、の名前だろうか。

「たちばなあさぎ？」

「きっと電話が突然切れたから心配してかけ直してくれたんですよ。というか、勝手に画面を

バチンッ

見ないでくださいっ。ほら、返してっ」

「わ、悪い」

俺の手からスマホをひったくると、彼女はすぐに通話に出た。

「もしもし、橘さん？　ごめんね、急に切ったりして。ちょっとうちに家族の知り合いが来て、お手伝いしなきゃいけないみたい。済ませたらまた連絡するね」

それからひと言、ふた言、言葉を交わしてから通話を切る。

画面が暗くなったスマホをぽいっとベッドの上に投げ、あらためて俺に訊いた。

「――で、仕方ない事情って何ですか」

「今の電話の子を通じて、《紅鯉無尊《クリムゾン》》に入ろうとしてるって本当か？」

半分、カマをかけるつもりで質問する。

一瞬、彼女の目が横にそれた。

「何の話ですか？　根拠もなく、意味不明な言いがかりはやめてください」

「いや、そのごまかし方は駄目だろ」

「え？」

「本当に何も知らないならまず《紅鯉無尊《クリムゾン》》が何なのかを訊かなきゃ。それに所属するだけで言いがかりになるような集団の話だって、どうして知ってるんだよ」

「そ、それはっ……えと、えと、橘さんから聞いて。あ、違っ！　そうじゃなくてっ」

面白《おもしろ》いほど罠《わな》にハマるな、この子。

同じ学校の生徒が所属してる不良グループの名前なんて知っててもおかしくないし、そんな集団に入ろうとしてるだろなんて言われたら当然のように怒っていい言いがかりだ。だけど、俺はあえて《紅鯉無尊《クリムゾン》》の存在を知ってるだけで黒であるかのような口ぶりで揺さぶってみた。案の定、引っ掛かってくれた。

「もう確信できたから嘘《うそ》はつかなくていいぞ。不良グループに入りたがってるってのは、本当なんだな」

「……それが何だっていうんですか？　あなたには関係ないと思いますけど」

彼女のほうも開き直ったようで、一瞬崩れかけた表情をふたたび強気なものに戻していた。

「いや友達の妹が悪堕《あくお》ちとか放っておけないだろ。常識的に考えて」

「いえ兄の友達にお節介される筋合いはないです。常識的に考えて」

ド正論だった。

本当の妹ならともかく友達の妹、だもんなぁ。

限りなく他人に近い……どころか正真正銘、混じりっ気なしの他人である。

血の繋がった妹でも兄からの干渉がすぎればウザがるってのに、兄の友達でしかない俺とかウザいを通り越してキモいと思われても仕方ない。

自覚はある。だけどそんなことで引き下がるくらいなら、最初からここには来てない。

正直、友達の妹——小日向彩羽が不良行為に堕ちようがどうでもいいんだ。勝手にしろ、と思う。

だが俺はオズの友達で、オズの現状に忸怩《じくじ》たる思いを抱いてるわけで。

本当は良いやつなのに、変わった性格と行動のせいで誤解され、教室に馴染《なじ》めずにいるオズ。この上さらに妹が悪名高い不良グループのメンバーになったと噂が広まれば、オズの居場所を新たに作るなんて夢のまた夢。不可能になってしまう。

友達がこれ以上、理不尽に排除されて孤立させられかねない環境が生まれる可能性を、俺は放置できないんだ。

「どうして不良グループなんかに入ろうとしたんだ？　もし家庭の事情とか、何か悩みがあるって話なら何でも言ってほしい。他の方法で解決できるかもしれないし」

「なるほど、悩みを相談すればいいんですね」

「わかってくれたのか⁉」

「はい。ちょうど、あなたの協力があれば今すぐ解決できる悩みがありました」

「おおっ。ナイスだ！　それを聞かせてくれ！」

なんだよ、塩対応かと思ったら話せば心を開いてくれるんじゃないか。これが噂のツンデレってやつか？

友達の妹、小日向彩羽はニッコリ笑顔でこう言った。

「兄の友達につきまとわれてウザいので、どうやったら部屋から出て行ってくれるのかなって悩んでます♪」

「ああ……そういうやつね……」

……現実って、厳しいな……。

＊

『彩羽ちゃん塩対応キャラだったの？』

『出会った頃はな。今と違いすぎてビックリだよな』

『ありえない……信じられない……』

『だよな。信じられないよな』

『真白《ましろ》と完全にキャラかぶりしてる。こんなこと、あっていいのだろうか……いや、ないっ』

『そっちの話かよ』

002

Tomodachi no imouto ga ore nidake uzai

第2話 友達の妹の友達がウザい

翌日。俺《おれ》は学校に登校するなり一年生の教室が並ぶ廊下へ突撃した。

目的はもちろん友達の妹、小日向彩羽《こひなたいろは》──の、友達である橘浅黄《たちばなあさぎ》だ。

残念ながら昨日の彩羽へのダイレクトアタックは失敗に終わり、追い返されてしまった。

思いのほかガードの堅い敵将を討ち取るには正面からの攻撃だけでは駄目だと判断し、外堀から埋めていくことにしたのだが。


顔がわかんねえ……。


俺が知ってるのは、橘浅黄っていう名前だけだ。何組の、どんな見た目のやつかも知らない。

不良グループの一員なら不良らしい姿をしてるんだろうけど……不良らしさってなんだ？

モヒカンとかリーゼントか？　とりあえず髪の毛は染めてるよな？　いやでも、お洒落《しゃれ》で茶髪や金髪にしてる女子なんていくらでもいるしなぁ。

一年の廊下でああでもないこうでもないと頭を悩ませてる俺に、不審そうな目を向けながら一年生たちが通りすぎていく。

ええい、どうせすでに不審者なんだ。勇気を出して聞き込み調査をしてやらぁ！

このときの俺は不思議なほど肝《きも》が据わっていた。

「ちょっと質問いいかな！」

「え⁉」

通りかかった女子に声をかける。驚かれているが、気にせず質問をぶつけていく。

「橘浅黄って知ってるか？　一年の女子にいるよな？」

「え、えーっと、知ってるというか、同じクラス……ですけど。あの、誰《だれ》ですか……？」

「まあまあ俺のことはいいじゃんか。橘さんと話をしたいんだけど、教室まで案内してくれるかな」

「べつにいいですけど……教室に来ても意味ないですよ」

「どういうこと？」

「橘さん、ほぼ学校来てないから」

「あー……なるほど。そういえば、うちのクラスの音井《おとい》もそんな感じだったっけ」

不良って生き物はサボりがデフォらしい。

校則違反をどうこう言うほど俺も聖人君子じゃないし真面目《まじめ》君でもないが、こういうときに捕まらないのはクソめんどくさいな。大人しく学校に来てろよ、まったく。

「どこに行けば橘さんに会える？」

「さ、さあ？　詳しいことは何にも。夜遊びしてるって噂《うわさ》はありますけど、お昼はどこにいるかもよくわかんないです」

「そっか……。悪い。それじゃ他を当たってみるよ」

女子生徒を解放して、ふたたび事情通を求めて一年の廊下をさまよう。

しばらく聞き込み調査をするが……成果はゼロ。

考えてみたらそれも当然か。不登校気味の不良生徒の居場所を知ってるやつなんて、そうそういるはずがない。噂の極悪不良グループである《紅鯉無尊《クリムゾン》》に所属してる生徒とくればなおの事だろう。

「……諦《あきら》めるしかないのか？」

彩羽の行動の裏を探るには橘浅黄にアタックするのが効率的だと思ったんだが、彼女のほうが難易度が高いんだったらもうお手上げだ。

……………………いや、待てよ？

「オズの妹は、こんなレアキャラとどこで出会って、どうやって仲良くなったんだ？」

ほぼ学校に来てないなら会話するチャンスもないはずだ。小学生時代からの幼なじみって線も……ない気がする。

確証、と呼ぶには弱いけど、ちらっと聞こえた電話でのやり取り――あの話しかけ方は長年の友達って感じじゃなかった。

最近仲良くなったばかりの、まだ微妙に距離を感じる口調だった。

ならどこで出会った？　学校の教室以外に、どこで出会える？

思い出せ。あのとき小日向彩羽は、橘浅黄とどんな会話をしていた？

部屋のドアを開ける直前、俺と目が合ったせいで途切れてしまった会話の内容は――。

『橘さんの音楽は好きだけど。私、そういうのあんまり詳しく……』

そう、そんなことを言っていた。つまり。

キーワードは、音楽。

「あ、あのっ、ちょっと質問してもいいか⁉」

思い立った直後、一年の廊下を見回して偶然目についた、イヤホンを耳につけているチャラそうな女子に食いかかるような勢いで声をかけた。

「は⁉　ちょ、何⁉」

面食らったように目を剝《む》いて、あわてたようにイヤホンを外す女子生徒。

俺はさっきまでと同じ質問を投げかける。

「橘浅黄を知らないか？　たぶん音楽をやってると思うんだけど」

「音楽で、橘って……ああ、五組の橘ね。学校サボってる子」

「そう。学校以外の、どこに行ったら会える？」

「え……」

なんだコイツ、白昼堂々のナンパ男か？　っていう白い目で見られる。

遺憾ではあるが至って正常な反応だ。

ここは音楽女子の心をつかむために、身を削るしかあるまい。

「YEAH《イェア》、俺、橘の音楽、マジ尊敬《リスペクト》。あの日聴いた音、もう一度。会いたいワルガキ後悔《リグレット》。いつまでも追いかけてんだ、あの子の幻影《シルエット》」

「……！」

洒落たフロウに乗せた華麗な韻踏みテクニック。音を愛する者にだけ通じるこの小粋《いき》な演出に、音楽好きの女子はきっと心を開いてくれるはず……！

「ぎゃははは！　ウケル！　だせえ！」

「ひでえ！　ド素人が即興で頑張ったのに！」

「ひー！　うひひ！　おもしろっ。……でも音楽への愛は伝わったよ。グッド、グッド！」

腹を抱えて笑いまくった音楽女子は、目の端に浮かんだ涙を指で拭いながら。

「橘がいつも弾き語りやってるのは駅前だよ」

「駅前？　商店街のあたりか？」

「商店街の中にちょっと広めの公園があるじゃん。あそこ。てか、前にもそこで聴いたんじゃないの？」

「ああいや、それは……あはは」

笑ってごまかした。

音楽女子は、まあいっか、と俺の大嘘《うそ》の粗をスルーして続ける。

「朝から昼過ぎぐらいまでは商店街の公園にいて、放課後くらいの時間になると住宅街近くの公園に移動して活動してるらしいよ」

「住宅街……」

そう聞いて、頭の中に浮かんだのは自分が住んでいるマンションの周辺だ。

我が家のマンションから学校までの通学路は何通りか存在していて、そのうちのひとつに、公園の脇《わき》を通る道もあったはずだ。

小日向彩羽が学校からの帰り道、偶然その公園で弾き語りをする橘浅黄を見かけた……もしそうなら、たとえ橘が不登校であっても接点が生まれる。

「そういうことか……！　情報ありがとう、音楽女子！」

「音楽女子？　まあよくわかんないけど、橘に会えるといいね！」

「おう！」

青春丸だしの爽《さわ》やかな言葉を交わすと、俺は廊下を走り出した。

スマホを取り出し、向かうは下駄《げた》箱。昇降口。

廊下を駆けながら電話をかける。

「あ、もしもし二年の大星《おおぼし》ですけど！　担任の林先生に伝えてほしいんですが、熱が出たんで今日は欠席します！」

全速力で学校の廊下を駆け抜けながら、清く正しくルールに則《のっと》った欠席連絡。

我ながら優等生なのか不良なのかよくわからんなと思いながら下駄箱で靴に履《は》き替え、鯉の滝のぼりが如《ごと》く、登校してくる生徒たちの流れに逆らい校門の外へ飛び出していく。

放課後までは待てない。

放課後になったら、橘浅黄は彩羽と一緒にいるかもしれん。

あの頑《かたく》なな態度の友達の妹がいたら、話をまとめることなんてできやしない。

チャンスは今、橘浅黄が一人でいるであろう時間だけだ！

＊

夏の炎天下で全力疾走は自殺行為だ。

駅前商店街の入り口に到着した頃には意識朦朧《もうろう》、汗でシャツがべったりと肌に貼《は》りつき、膝《ひざ》がガクガク笑っていた。

自動販売機で黄色いアクエリ○スを買い、一気に飲み干す。いまどき黄色いアク○リに遭遇する確率は限りなくゼロに近く超絶レア体験をしているのだという自覚なんて死にかけ脳細胞の俺にはあるはずもなく、ただひたすらに水分と塩分とミネラルを体内に取り入れた。

「ぶはぁっ！　……よし、補給完了。俺はまだ、動ける……」

ゾンビのようにつぶやいて、ふらふら歩き出す。

応急措置で誤魔化《ごまか》してはみたものの、じわじわと削られていくステータス異常系のダメージは、この程度の回復量じゃ追いつくはずもなかった。

目の前の空気がモヤがかかって見えるのが、蜃気楼《しんきろう》なのか熱中症なのかさえ区別がつかない。

まだだ。まだ倒れるな。

商店街の中の公園まであとすこし。俺はこんな場所で倒れるわけにはいかない。この道の先にいる、橘浅黄に会わなきゃいけないんだ！

「そう叫んでぇ～、男は～、道の途中～で～、出会ったぁ～♪」

「……！　この声。この音は……！」

でん！　でん！　でででん！　とギターの鳴る音に乗って、ハスキーな女子の声が聴こえてきた。

しかもなんだこの歌詞は。まるで今の俺の状況を表すかのような。

俺とお前。運命的な出会いを象徴するかのような。

俺のゴールを祝福するかのような。

「猛毒ぅ〜の〜サソリ〜！　剛腕〜の〜グリズリー！　残念〜即死でぇ〜バッドエンッ♪」

「いや、死ぬのかよ！」

駄目じゃん。まあ実際、このままだと熱中症で死にそうだけど。

「んあ？」

盛大にツッコミを入れた俺に気づいたらしく、公園の前にいた女の子がギターの弦にかけていた指を離して顔を上げた。

第一印象は好奇心旺盛な猫。アーモンド型の瞳《ひとみ》が動く鼠《ねずみ》を捉《とら》えたようにきゅっと大きくなり、こちらに向いている。セミロングくらいはありそうな長さの金髪に、ニット帽をかぶった姿。耳にはデカいピアス。

偏見ＯＦ偏見だが、絵に描いたような不良女子だ。

「あれ？　それうちのガッコの制服じゃないッスか。おにーさん、サボりッスか？」

「女子中学生のくせに昼間っから弾き語りしてるやつに言われたくねえよ」

「うは、正論ウケる。んじゃまあ、ハイ」

「……？　なんだ、その手は」

「なんだじゃないッスよ。投げ銭。アタシの歌、聴いたッスよね？」

「強制かよ！　払わないからな⁉」

通行人からの厚意で路上の弾き語りやら大道芸やらに投げ銭をするって文化は確かにあるが、

一方的に聴かせておいてふんだくるのは、ただのぼったくりだ。

断固たる決意で突っぱねると、押し売り弾き語り女子は露骨に眉《まゆ》をひそめた。

「ハァ？　冷やかしかよ。タチ悪ッ！」

「どっちがだ。弾き語りの押し売りとか、あらゆるぼったくりの中でも最上級の悪徳だろ！」

「あーやだやだ。これだから貧乏人は。才能に投資する心の広さも余裕もないオスに用はないッスよ。しっしっ、帰れ帰れ」

「な……」

なんだコイツ。滅茶苦茶《めちゃくちゃ》ウザいぞ？

これまでの人生で出会ったどんな人間よりもウザいかもしれん。

「橘浅黄がまさかこんな性悪女だったとは……。オズの妹はなんでこんなやつと友達やれてるんだ……それともワンチャンこいつは全然関係ない別人とか……？」

「あン？　……何、おにーさん。アタシのこと知ってんスか？」

「確定してしまった……」

マジかよ。

暖簾《のれん》に腕押しな彩羽を説得するのが無理なら橘浅黄を通せば円滑に話が進むって期待してたのに。この性悪クソウザ女と話さなきゃならないとか、どっちも難易度ルナティックじゃんか。

無理ゲーすぎる。

「もしかしてアタシ目当てで来たんスか？　うわ、バリキモ」

「ラーメンの硬さみたいな言い方で罵るなよ……」

傷つくだろ、普通に。

弾き語りぼったくりクソウザ女あらため橘浅黄は、汚物を見るような目でこっちを見ながら言う。

「いやキモいッスよ。学校サボってまで会いにくるとか。ストーカーすぎっしょ」

「誰がするか！　オズの妹と関係なきゃ誰も来ねえよ！」

「妹……？　あぁーっ！　もしかしてアンタ、彩羽の家にいたっていう変態ッスか⁉」

「情報のシェアが早えよ‼」

昨日の今日なのにもう伝わってるのかよ。女子のネットワーク怖すぎだろ。

「うへえ、彩羽の家に出没するだけに飽き足らず、アタシにまで突撃してくるとか。本格派の変態さんッスね」

「だから違うんだっての。俺はただ――」

「イェア、オレは変態。天体覆すレベルの天才。オンナは全部オレのモン！　イェア！」

「なぜ急に楽器を鳴らして歌い出す⁉」

「クセなんスよね～。おもしろいネタ見つけるとつい即興で！　着エロ彩羽トリコで盗み出すブラとパンツ、まるでドミノ倒しの物理学ピュタゴラス♪」

「即興で罪を増やすのやめてくれるか⁉」

　無駄にクソ長い韻を踏む橘にツッコミを入れる。

　すると彼女はニヒヒと笑って。

「おにーさん、キモいけど面白《おもしろ》いッスね。彩羽はボロクソに言ってたけど、アタシはけっこう好きッスよ」

「おまっ……好きとか、軽々しく言うなよ……」

「うわキモ」

「キモいも軽々しく言っちゃ駄目だからな⁉」

「あははは！　好き、って単語に過剰反応するとか童貞ッスか？　ぷ、あははは！　やべえ！確か上級生なんスよね？　えーっと、名前は――」

「お、おう。二年の大星明照《あきてる》だ」

「大星明照……うーん、覚えらんね！」

「聞いといて諦めるなよっ。てか覚える努力をしようとすらしてないだろ」

「アタシ、どうでもいい人の名前すぐ忘れるんで。めんどいし『センパイ』でいいッスか？」

「まあ、呼び方は好きにすればいいけどさ……」

「んじゃセンパイで。いやぁ、年上のセンパイなのに童貞とかマジウケるッスね～」

「う、うるせえよ」

てかまだ中学生だぞ、俺。いや確かに中学に上がってからは、誰くんと誰ちゃんがヤッた、誰それはヤリ○ン、みたいな情報がまことしやかに囁《ささや》かれるようになってきたけどさ。あれ、都市伝説みたいなもんじゃないのか？　みんなそういうことに興味津々すぎて、噂に尾ひれがついてるだけで実際は俺と同じで未経験だろ？　えっ、違うの？

……やめよう。どうせ観測不能なことなんだ。だったら自分に都合のいい解釈をしておこう。うん。

「あはは！　センパイってば顔真っ赤《まか》♪　童貞イジられたくらいで情けないッスよ？」

「いちいちウザいな！　赤くなってなんかいねえよ！」

「いやいや真っ赤！　チェリーだけにさくらんぼレベルの赤さッス！　……って、ありゃ？」

「上手《うま》いこと言ったつも、り、か……」

「ちょ。これはいくらなんでも赤すぎるような……セ、センパイ……大丈夫ッスか？」

「ナメんりゃ、おまへに心配《ひんぱい》ひゃれるほろ、だらひなくは……」

あれ？　どうしよう。ろれつが回らない。

橘浅黄の顔も急にモザイクがかかったみたいに霞《かす》んできたし、世界がぐるんと回転して――。

暗転。

「倒れた――ッ!?　センパイ！　ちょ、嘘っしょ!?　センパイ！　センパーイ……！」

橘の焦《あせ》る声も水槽越しのように遠く聴こえて。

薄れゆく意識の中、ああ、脱水症状か、黄色いアク○リ一本だけじゃ足りなかったかぁと、どこか他人事みたいに思いながら。

意識が。

暗闇《くらやみ》の底に。

落ちて、砕けた。

＊

意識を手放した後、赤子になった夢を見た。

母親の腕に抱きかかえられて優しく揺らされる俺。慈愛に満ちた優しい顔が目の前にある。仄《ほの》かに香るミルクの匂《にお》い。

顔の横に当たるふんわりとした感触。人肌のぬくもりに包まれて頰《ほお》が心地好《よ》い。

聴こえてくるのは、歌だ。

それはもちろん（ジャンジャン！）母が子をあやすときの子守歌（ジャンジャンジャンジャン！）で、深き安眠に導く（ギュイィィィィン‼）癒やしの音（デデデ‼）


「**うるせえ――――ッ‼**」

絶叫とともに飛び起きた。

なんだよ今のデスメタルみたいな派手なギターテクニック。赤子を寝かしつけるときに一番奏でちゃ駄目な音だろうが。

「おー。やっと目を覚ましたかー。おはー」

「おはーって……は？　音井⁉」

「おう、音井だー」

意識を取り戻した俺のすぐ横には何故《なぜ》かクラスメイトの音井がいた。

不登校常連系不良女子であり《紅鯉無尊《クリムゾン》》の総長という恐ろしい肩書きを持つ女子生徒が、何故かとんでもなく至近距離にいる。

というか待て、この体勢って。

「あんま激しく動くなー。もうちょいゆっくりしなー」

「ゆっくりって……うおわ⁉」

服をぐいと引っぱられてひざの上に倒される。

どうやらさっきまでそうしていたであろう体勢に戻されたようで。つまりは――……。

「俺、ひざ枕《まくら》されてたのか……？」

「ああ。赤ちゃんみたいに安らいでたぞー。無防備でおもろかったなー、おまえ」

「あ、ば、ば、ばばばば」

ぶわぁっと汗が噴き出してきた。心なしか体温が上がってきた気がする。このままじゃまた熱中症になりそうだ。

顔に感じていたふんわりした感触は、音井のふとももののそれだったらしい。

頬を下にした、耳かき姿勢のひざ枕って。ひざ枕業界の中でもトップシェアのリーディングカンパニーだぞ。顔とふとももが素肌と素肌で密着するとかまさに呉越同舟、男女関係における癒着行為で独占禁止法に触れるわけで。おまえはいったい何を言ってんだって思うよな？ 俺もわからん。とにかく俺は混乱している。多少の語彙の暴走は許してくれ。

「はい落ち着けー。いいこいいこー」

「……ッ！ ……ッ！」

やる気のない、投げやりなあやし方。

それでも同年代の女子にひざ枕されて、頭まで撫《な》でられる破壊力は凄《すさ》まじく、精神の限界化が止まらなかった。

このまま窒息して死にそう。ヤバい。

「浅黄が泣きながら電話してきたときは正直ビビったわー。センパイが死んじゃうってさー」

ああ……商店街の公園で気絶した後の話か。あのクソウザ女も、倒れた相手を介抱しなきゃならんと思う程度の良識は持ち合わせてたんだな。

「救急車を呼ぶと事情を説明したら浅黄の親にも連絡行っちゃうからさー。サボりがバレると困るってんで、ウチを頼ったみたいでなー」

前言撤回。俺の命よりも親バレ回避を優先しやがったのかよ、あの女。信じられん。

「たまたまウチが近かったから、駆けつけてなー。音井家が懇意にしてる主治医にちと無理を言って、対処してもらったんよー」

主治医がいる家ってマジか。どんな家柄なんだよ、音井。

「んで、軽く診てもらって大丈夫そうってことで、こうしてウチで面倒見てたってわけだなー。主治医の腕前と知識、このへんの医者の中じゃ一番だから。結果的に助かったんじゃないかー。浅黄に感謝しろよー」

そんなレベルの医者を主治医にしてるって本当、どんな家なんだ？

確かにひざ枕のせいで動悸《どうき》が激しい以外は、異常がない。脱水で派手にぶっ倒れたわりには、爆睡した直後みたいな清々《すがすが》しい目覚めだ。

音井のふとももの癒やし効果……ってわけじゃないなら、診てくれた医者が適切な処置をしてくれたおかげなんだろう。

「えっと、なんていうか……ありがとな」

「おー。まあこの季節だからなー。今度からは気をつけろよー」

「ああ……。ところで、この場所は？」

「だからウチだってば。あー、いわゆる音井家、ってやつー」

「家に運び込んだのかよ。てかここが家って、凄《すご》いな」

音井の話を聞いているうちに意識がハッキリしてきて、周囲の様子を確認する余裕もできた。

日本家屋、と呼ぶんだろうか。

音井が正座して俺をひざ枕しているのは、古風な庭園を一望できる縁側だ。俺のお尻《しり》にも木の感触がある。

開かれたふすまから適度に冷たい風が流れ、室内の木や畳の香りを運んでくる。

そして。

「ヴオオオオオオオオオオオオオオ！」

そんな風流な光景に似つかわしくない、爆音デスボイス。

何故か日本庭園の真ん中で、四人ほどの派手な化粧の集団が楽器をかき鳴らし、シャウトしていた。

「うるさ！　そうだ思い出した！　さっきこいつらのせいで起こされたんだ！」

「ははは。すごいだろ、あいつら。あんなデスボイス出せるのは才能だよなー」

「笑ってる場合か⁉　近所迷惑だろうがっ」

「いや、それなー。日中ならギリセーフかなーと思ってんだけどさー。やっぱ防音設備が必要だよなー」

「それな、って……わかっててやってるのかよ……てか、あいつらは……」

「《紅鯉無尊《クリムゾン》》のメンバーだよ。あいつらはデスメタルバンド志望の《浅草下町メタル》」

「ご当地じゃないのにご当地バンドっぽい名前だな……。浅草に縁《ゆかり》でもあるのか？」

「んや全然」

「じゃあなんでその名前にした⁉」

「デトロイトがつくタイプのデスメタルバンドにインスパイアを受けたらしくてなー。それを日本の地名でパクったらそんな名前になったんだとー」

「普通に中学生っぽい理由！」

言われてみたら顔面デーモンなメイクも、そこはかとなく漫画の影響がうかがえる。《紅鯉無尊《クリムゾン》》の人間ってことは不良なんだよな？　ずいぶんマニアックな漫画を知ってるな。

「そだなー。せっかく目ぇ覚ましたところだし、紹介しとくかー」

ゆるい口調で言うと、音井は両手をパンと高らかに鳴らした。

「おーい、集合ー」

「…………ッ！　ウッス！」

合図に反応して不良どもが演奏を止め、庭園にずらずらと並び始める。

四人とも背筋を伸ばして直立不動。軍隊のような統率っぷりだが、ヤンキーってのはこんな感じなのか？

しかしこの四人で全員なんだろうか。《紅鯉無尊《クリムゾン》》は生徒たちに恐れられる不良グループと聞いていたからてっきり大人数だと思ってたんだが……いや待てよ、橘浅黄の姿もないな。

と、そんなことを考えていたら。

「音井の姐《あね》さん！　遅くなり申し訳ないッス！」

たったいま思い浮かべたばかりの橘浅黄が、ドタドタと慌ただしい足音とともに家の中から現れて。

「遅れやしたっ！　サーセン！」『サーセン!!』『サーセン!!』『サーセン!!』

彼女に続いて室内、庭の裏、玄関のほう、ありとあらゆる方向から。ひと目見て不良とわかるカラフルな頭の連中がつぎつぎと湧《わ》いて出た。

無双する系のゲームで薙《な》ぎ払われるタイプのモブ敵のように集合してきた不良の数は、十、いや、二十に届きそうな人数で。

その全員が日本庭園を埋めるようにずらりと並び、そのまっすぐな視線が縁側の俺と音井へと集まった。

……って、待て待て待て。俺いま、すんごい数の不良にひざ枕現場を見られてないか？

うわ恥ずい。しかも相手の女子はこいつらの総長だぞ。

姐さんのふとももに何してんだゴルァ！とかガンつけられてボコされるのでは？

十秒先の未来を想像して青ざめる俺。一刻も早く音井の膝から離脱しなきゃと思うのだが、くっ、なんだこの肌の吸いつきは！　心地好すぎて頭が離れん！

モタモタしている俺に不良どもはギロリとその鋭い眼光を向けて。ぐわっと威嚇するように大きな口を開けて、吼《ほ》えるように叫んでくる……！

「「「《紅鯉無尊《クリムゾン》》総員、集合しやした！　音井の姐御！　大星の旦那！」」」

「……ッ！」

…………………。

……あれ？

歯を食いしばって目を閉じていた俺は、おそるおそる、うっすらと目を開けていく。

何か思ってたのと違ったな。

「……大星の、旦那？」

「あー、そうそう。言い忘れてたけどー。おまえ、ウチの彼氏ってことになってるからー」

「あ、ああなるほど。そういう……って、えええええ⁉」

「んだようるさいなー。至近距離で大声出すなってーのー」

「滅茶苦茶ゆるい口調でサラッと何を言い出すんだよっ。俺と音井が恋人なわけがモゴっ！」

手で口をふさがれた。

初ひざ枕だけじゃなくて、手のひらへのファーストキスまで奪われちまった……な、なんだ、なんなだこの女は……！

……あれ、手のひらのほうはファーストだっけ？　何か最近、誰かの口と触れたような気がするけど……誰だっけ。

まあいいや。

音井が俺の耳に口を寄せて囁いた。

「実はなー。赤の他人にウチの主治医を動かすのは難しくてなー。めんどいからウチの結婚を前提にした彼氏ってことで話を通したんだー」

「めんどくさいからって理由でやっていいことじゃないような⁉」

「まーいいだろー。おかげで助かったんだからさー」

「そこは素直に感謝するけど……でもそれ不良どもに旦那と呼ばれてる理由にはならなくね？　事情を知ってるんだろ？」

「んや、めんどいから本当のこと教えてないんよー」

「めんどくさいからって理由で手を抜いていい部分じゃない！　絶対まちがってる！」

だいたい俺が不良集団のリーダーと付き合うわけないだろ。

陰キャとヤンキーなんて、水と油、犬と猿、N極とS極……あれ、最後のは逆だっけ。まあとにかく、けっして相容《あいい》れない関係だ。

ふとももの感触は心地好いが、反社会勢力予備軍の頭と恋仲など、嘘でも認められん。断固としてそんな事実はないと鋼の意思で主張させていただく所存！

「やー、だってさー。ウチが《紅鯉無尊《クリムゾン》》以外の一般シャバ僧男子の面倒を見るとなったら、それなりの大義名分が必要なんよー。じゃないとおまえ、姐御に手間かけさせたやつってことで、ヤキ入れられるからなー」

「好き好き大好き超愛してる！」

鋼の意思は一瞬でふやけた。いや、だってさ、こええよ実際。

俺の熱い手のひら返しに、音井はハハハと軽く笑う。

「おまえ、おもろいなー。即堕《そくお》ちっていうんだっけ、そういうの。知らんけどー」

「……う、うるせえよ」

「とにかく皆の前ではウチの彼氏ってことで、いい感じに演じといたほうがいいぞー。ウチはどっちでもいいけどなー」

「断じて暴力に屈したわけじゃないが、命の恩人の言うことは素直に聞くべきだよな。うん」

「チューでもしとくかー？　説得力アップでー」

「さすがにそれは駄目だろ！　本当に付き合ってたとしても、中学でキスなんて早すぎるっ」

「ははは。ウブすぎてウケるー」

へらへらと笑う音井。恋人同士の行いに対してノリが軽すぎる。

橘浅黄といい、不良どもの貞操観念は一体全体どうなってやがるんだ。

「ま、安心しなよ。ウチの彼氏でいる限り、《紅鯉無尊《クリムゾン》》の連中は――」

そう言ってちらりと視線を庭園の不良隊列に向けると。

不良たちの間に、緊張と興奮が瞬く間に伝播《でんぱ》して――。

「音井！　最強！　大星！　最高！」

「最強カップル爆誕！　《紅鯉無尊《クリムゾン》》は永遠に不滅だ！　ヒャッハー‼」

ＩＱの低い掛け声とともに大盛り上がりな不良たち。

そんな彼らの姿に、俺は、頭蓋骨の内側で知能が溶ける音が聞こえて……。

にこりと、不敵な笑みを浮かべる音井と目が合って。

「ウチと同等の尊敬を、おまえに向けるからさー」


こうして――……。

俺は最恐不良集団《紅鯉無尊《クリムゾン》》の総長、音井と偽の恋人関係になった。

一個、気になることがあるとしたら。

橘浅黄だけは俺の正体を知ってるはずなんだよな……。うまいこと口をふさいでおかないと、あとあと面倒なことになりそうだ。

隊列の中に混《ま》ざってる橘の顔を一瞬だけチラリと見る。

ニヤリ。

そんなふうに笑っている気がして、嫌な予感はいっそう大きくなるのだった。

＊

『刺殺と撲殺と爆殺と轢殺《れきさつ》どれがいい？　アキの好きなものを選ばせてあげる』

『殺される以外の選択肢をお願いします真白《ましろ》さん』

『塩対応キャラが彩羽ちゃんとかぶってると思ったら、まさかのニセ恋人設定まで過去に音井さんと実績解除済みだったなんて……。真白の存在意義って……』

『いやべつにそんなところにアイデンティティを求めなくても、真白は真白であるだけで尊いから……』

『テンプレ慰めセリフ乙。そんなキラキラした言葉で真白の心は動かせないよ』

『じゃあどんな言葉なら届くんだ？』

『初めてはあげられなかったけど最期だけは真白と一緒だよ、とか』

『重すぎる！　しかもその最期は人生の終わり的な意味だよな⁉　怖すぎるだろ！』

『そういえばここ、観覧車の中だったたね。それもちょうど一番高い位置だね』

『ストップ。今すぐその危険な連想ゲームをやめるんだ』

『……というかもう何周目かに入るけど、ずっと観覧車に乗りっぱなしで大丈夫なの？』

『降りたくなるまで乗り続けてていいんだってさ。ＬＶＩＰの力ってすげえよな……』

紅鯉無尊(7)

大星明照、がグループに追加されました。

音井
てわけで、今日からウチのピを入れるんで。皆よろー

大星明照
紹介に与りました大星明照です。よろしくお願いいたします

サウザー
ヨロシャッス!!

SATOSHI
音井の姐御をガチ恋させるとか尊敬っす!

ジャイアント剛田
めでてえなぁ。ラーメン食おうぜ

紅サソリ
レディースたるもの男にうつつを抜かすなってのは昔の話ですもんね。イマドキは男上等!　姐御に続けるよう、アタイも男探すよ

浅黄
センパイが音井の姐御の彼氏だなんて知らなかったッスよ。てっきり童貞だと思ってたのに、やることやってたんスね!

大星明照
どどど、童貞なわけないだろ!

音井
あー、プラトニック的なアレだからー。そーいうのはないんだわー

サウザー
え?

ジャイアント剛田

腹減った。ラーメン食いてえ

SATOSHI

大星パイセンは童貞じゃないと言ってて、音井の姐御は清い関係って……

大星明照

ぎゃー!　最悪の送信タイミング!

紅サソリ

つまり浮気ってことかい!?　アンタ、姐御に不義理を働くとは良い度胸じゃないの。手を出しな!　今すぐその指を落としてやる!!

大星明照

すみませんごめんなさい見栄を張って経験者面しただけで本当は童貞です

音井

あー、そこはあれだー。ばっちり肉体関係はあったけど、付き合いが落ち着いて今は精神的な繋がりで満足っていうやつー

サウザー

また食い違ってるような…?

SATOSHI

大星パイセンは童貞と主張してるけど、音井の姐御は経験済みって……

紅サソリ

女にだけ恥をかかせて自分は清いフリってか?　アンタ、姐御を盾にするたぁ良い度胸じゃないの。足を出しな!　そっちの指も全部落としてやる!!

大星明照

さっきから物騒すぎる！　詳しくは説明できないけどとにかく誤解だから許して！

音井

そうだぞー、紅サソリ。それじゃ極道になるだろー？　ウチらはヤンキーなんだから、そーゆー物騒なやつはナシなー

紅サソリ

そ、そうでした。サーセン、姐御！　アタイ、ケジメのために……切腹します！

大星明照

お侍！　頼むから自分が何なのかを思い出してくれ！

音井

そーそー。ヤンキーならヤンキーらしく、気に入らないならタイマンでなー？

大星明照

それも勘弁してくれ……

浅黄

ぷ、ぷぷぷ

浅黄

予想以上に面白い展開になってきたッスね。センパイ♪

大星明照

橘……おまえ、遊んでやがるな……？

第3話・・・・・不良の総長が俺にだけダルい

彼女ができた。

彼女ができてしまった。

それも誰《だれ》もが恐れる不良グループの総長とかいう、これまでの人生で一度も妄想したことのない人種の彼女である。

もちろんそれは音井《おとい》の機転でそうなってしまっただけの、成り行きのニセ恋人。本当の恋愛とは違うんだってことは重々承知しているのだが――。

何かこう、周りから彼女持ちと認識される人生ってのが初めてで、ただそれだけだってのに妙に浮ついた気分になってしまう自分もいて。

音井に対して恋愛感情みたいなものがあったわけじゃないんだが、思春期の入り口、中学二年男子にしてみれば、顔が可愛《かわい》くてひざ枕《まくら》までされたときたら、意識するなってほうが無理だし、表向きだけとはいえ恋人だと吹聴《ふいちょう》していいって事実に誇らしさを感じないわけがない。

寝起きで顔を洗うとき、鏡に映ってる自分の顔がちょっとばかしだらしなくゆるんでいても、仕方ないだろう。仕方ないいんだよ。

さあて、音井にどんなLIMEを送ろっかなぁ。フリとはいえ彼氏彼女の関係なんだから、デートらしきものをしても許されるよなぁ。

……何か忘れてないかって？　《紅鯉無尊《クリムゾン》》に近づいた理由があったはずだろ、って？

わかってるんだよ、そんなこと。

いいだろ、朝のひとときぐらい、ゆるふわな童貞妄想で脳内麻薬をドバらせてくれよ。

だってさぁ……。

「「「「おはようございやす、明照《あきてる》の旦那ッッッ！」」」」

マンションを一歩出たら、地獄の現実に引き戻されるんだから。

派手に改造したハンドルの自転車にだらしなく腕を乗せた、デスメタルバンドな衣装の四人組が俺《おれ》を待ち構えていた。

言うまでもなく、《紅鯉無尊《クリムゾン》》の不良生徒たちである。

「……おう。近所迷惑になるから、あんまりたむろすんなよ」

「ウイッス！　昨日明照の旦那に注意されたんで、今日は《紅鯉無尊《クリムゾン》》総員じゃなく、オレら《浅草下町メタル》だけで迎えにきやした！」

そう元気よく叫んだのはデーモンメイクにトゲトゲ肩パットの男。ＬＩＭＥではサウザーと名乗っていた男子だ。

他の連中は野球帽を後ろかぶりにしたSATOSHI、デブのジャイアント剛田、黒マスクで長髪黒髪女の紅サソリ。LIMEでも特に発言の多かったやつらである。

時代錯誤感がやばい。いまどきこんな古代魚みたいな不良がいるとは。国の研究機関で保護するべきなのでは？

いやまあ、それを言い出したら、そんな不良どもを従えて学校に登校している俺は古代魚を通り越して三葉虫なんだけどな。

周囲を歩く他の生徒たちの視線が痛い。こんなに注目される通学路は初めてだ。

しかも良い意味での注目なわけがなく、恐れと冷ややかさが混ざった、居心地悪い視線で。

現在進行形で黒歴史が作られていくのをひしひしと感じる。

「ホントにいいんすか？　ニケツでソッコー学校まで送りやすけど」

「ば、馬鹿《ばか》野郎。男なら徒歩だろうが。足腰はしっかり鍛えないとなんだよ」

「おおっ、カッケェ！　さすが姐御《あねご》の男だぜ！」

「オレも歩きます！」

「……なあ、ラーメン食いに行かね？」

「剛田、アンタはいっつもそれしか言わないねぇ。デブってないで、明照の旦那を見習ったらどうさね」

「うぐ……オラ、ラーメンは捨てれねえ……」

ＩＱがごりごり削れていく会話を背中で聞きながら、俺はこっそりため息をついた。

二日ほど一緒に登校してみて気づいたんだが、こいつら《浅草下町メタル》の連中は、アホだが悪いやつらではなさそうだ。《紅鯉無尊《クリムゾン》》全員となると忠誠心にばらつきがあるようだが、少なくとも彼らと橘浅黄《たちばなあさぎ》の五人は、音井に対して絶対の信頼と尊敬を寄せている。

彼氏（便宜的に、こう断言しておく）にまで同等の扱いをするあたり、リスペクトレベルのカンストっぷりがうかがえる。

ちなみにこいつらを俺の登校に同行させてるのは音井だ。

音井曰《いわ》く、不良間の情報はあっという間に他の不良グループにも漏《も》れてしまうものらしい。《紅鯉無尊《クリムゾン》》の総長に男ができたと知られた日には、敵対組織から人質の価値アリと判断されて誘拐されかねないってことで護衛を寄こしてくれているのだ。

後々までそんな危険があるなら適当なノリでニセ彼氏になんてしないでほしかった……と、嘆いても後の祭り。こうなってしまった以上、腹をくくるしかない。

不良じゃなかったはずなのに、無駄に度胸とか根性みたいなステータスが鍛えられてる気がする。

俺、このままマジで不良になってしまうのでは？

学校に着いた。

「念のため言っておくが校内まではついてこなくていいからな。部外者は立ち入り禁止だ」

「え、でもオレらもここの生徒っすよ？」

「その正論は悪魔メイクを落として制服に着替えてから言ってくれ」

生徒だとしてもその格好で登校するのは無理ゲーだっての。

もっとも《浅草下町メタル》の連中もそれはわかっているようで、俺の言葉に素直に従い、校門の手前で踵《きびす》を返して消えていった。

これで平和になったとホッとひと息……つけるのは、下駄《げた》箱から教室まで向かう間のみ。

教室に入った瞬間、奇異な視線と畏怖まじりのざわめきが復活する。

「大星《おおぼし》だ……」

「音井と付き合い始めたってマジかな？」

「マジらしいよ。今朝《けさ》も《紅鯉無尊《クリムゾン》》の手下を率いて登校してるところを見たってさ」

「不良相手にもやけに突っ張る変な奴だと思ってたら、まさか音井の彼氏だったたなんてね～。どうりで気合いが入ってたわけだよ」

「大星を殴ったやつも音井にシメられてたしな……やっぱそういう関係だから……」

「おお、怖。触らぬ神に祟《たた》りなしだぜ」

……全部聞こえてるってーの。

俺が本当に怖いやつだったらおまえら全員、市中引き回しの上打ち首獄門だったぞ。たぶん紅サソリあたりは本当にやりそうだし。やらせないけどさ。

席についたら、先に登校していたオズが可笑《おか》しさを堪えるような顔で話しかけてきた。

「まさかアキが音井さんとラブラブなんてね。二人はどこまでヤッたの？」

「オズにはもう説明しただろ。何、知らぬ顔でイジってんだ」

「いやぁ、アキが居心地悪そうにしてるのが面白《おもしろ》くて」

「ったく、人の境遇を楽しみやがって」

不機嫌な表情を作りながら鞄《かばん》を開き、一時限目の授業に必要な教科書やノートを取り出す。

デジタルで機械的な感性が目立つオズだが、最近はこうして情緒を垣間見せるときもある。大抵、俺がトラブルで奔走してるときなのは気に食わないが……。

もしかしたら、振り回されてる俺の様子が好奇心をそそるのかもしれん。研究観察対象的な意味で。

「でも、アキも変な人だよね」

「何だよいきなり」

「彩羽《いろは》が《紅鯉無尊《クリムゾン》》に入らないように手を回したくて、彼らに近づいたって言ってたよね」

「そうだけど」

「なのに自分がその《紅鯉無尊《クリムゾン》》に入ってるって、笑える状況でしょ。何だっけ、こういうの。

ワクチンソフトがトロイの木馬、みたいなことわざがあったよね」

「IT用語を含むことわざなんかねえよ。『ミイラ取りがミイラになる』、な」

「そうそれ。今のアキにピッタリだ」

「それを言われるとぐうの音も出ない……」

実際、可笑しな状況だと思う。

仮にここ数日の俺の出来事を映画に撮るなら、ジャンルは間違いなく喜劇だろう。ははは、笑え笑え。笑ってもらえたら俺も浮かばれるよ。

ただ、まあ。音井のニセ彼氏として不良の一員扱いされる日々も無駄にはならないと思う。

「『虎穴に入らずんば虎子を得ず』だ」

「ん？　どういう意味？」

「多少の危険を冒《おか》してこそ、達成できる目的もあるってことだよ」

「ああ、ブラックボックスに踏み込まないとスパゲッティコードは解けない、みたいな」

「わざわざITっぽく変換しないと理解できないの、一周回ってスペック低くないか？」

「耳が痛いね」

絶対痛いと思ってなさそうな、けろっとした顔で言うオズ。

この国語力はさすがにまずい。日常会話も、俺みたいにすでに友達だから付き合ってくれる相手ならともかく、プラマイゼロくらいの好感度の相手にこれではドン引きされちまう。

何かオズの会話能力を向上させる方法があればいいんだが……ひとまず、それについて考えるのは後にしよう。

まずは友達の妹、小日向彩羽《こひなた》の不良グループ入りの阻止。その後で、オズの教育だ。

今日の本番は放課後。《紅鯉無尊《クリムゾン》》の活動に密着して悪事を暴《あば》き出《だ》し、証拠を小日向彩羽に突きつけてグループ入りを断念させる。

それまでの間、学校ではなるべく波風を立てずに潜伏しなければ。

と、思っていたのだが――……。

「おはー。大星……じゃなくて彼氏ー。今日もラブラブよろー」

何故《なぜ》か登校してきた音井によって、俺の計画は崩壊した。

……計画壊されてばっかだな、最近の俺。

＊

俺の通う地域にある中学は基本的に給食制ではなく弁当制だ。

昼休みには各々家庭で用意した弁当を食べることになっている。学校からは自分の席で食べるよう推奨されているが、自由を謳歌《おうか》したい中学生どもの全員にルールを守らせることなんて不可能で。一部の生徒はそれぞれ好きな場所で食べている。

他のクラスに友達や恋人がいるなら他のクラスで一緒に食べることもあるし、校内の静かな場所を見つけて食べている生徒もいるらしい。

小学校から中学に上がったばかりの頃は、自由な昼食時間にちょっとワクワクしたもんだ。給食制の地域は配膳係をさせられたり縛りが多いんだろうな、大変そうだな、と、ショボい優越感すらあったかもしれない。まあそんなくだらない感情はほんの一瞬で、環境に慣れたらすぐに消えたけど。

そして今、俺は、この自由な弁当制に――

「彼氏ー。昼飯いくぞー」

「教室で堂々とそう呼ぶのやめてくれないか？」

――悩まされることになっているわけで。

「はは、照れてるのかー。かわいいな、おまえ」

「そうじゃなくて人目が……ッ！　ああもう、とにかくほら、行くぞ！」

クラスメイトの視線に耐えかねた俺は弁当とペットボトルをひったくるようにつかんでからもう片方の手で音井の手を引き、教室を飛び出した。

手を握ってたよ、付き合ってるって本当だったんだぁ、と女子が噂《うわさ》する声が聴こえてくる。

廊下に出ても好奇の視線は途切れることはない。無駄に知名度が高い音井のせいで、すぐに見つかる。

くそ、こうなったら……。と、俺は音井の手を引いたまま階段を上がる。

目指すは屋上。

危険の回避、飛び降り防止で昨今は立ち入り禁止になっている学校が多いが、この学校でも例に漏れず。

ただ屋上に出る扉は施錠されているだろうが、その手前、階段を上りきったところの空間は程よく人気のないスポットだ。

夏の季節に冷房のある教室以外で過ごすなんて自殺行為だが、背に腹は代えられない。

逆にこんな暑苦しい場所で昼飯を食べようって生徒は皆無らしく、誰かが踊り場に近づいてくる気配すらなく、隠れたい俺としては絶好の環境でもあった。ああ無人って最高。落ち着く。

と、ホッとひと息つきながら、俺は音井に胡乱《うろん》な目を向けた。

「で、何のつもりだよ」

「カレカノのらぶらぶランチタイム的なー？　知らんけどー」

「そこまで演じきらなくてもいいだろ……カップルだからって昼飯まで一緒に食べなきゃいけない理由はないし。昨日までは音井も学校に来てなかったじゃんか」

「それなんだけどなー。おまえと小日向がトラブった不良いたろー？」

「……あいつが、何か？」

「疑ってるみたいだったんよー。ウチみたいな不良と大星みたいな陰キャが付き合うわけないってさー。そんでまあ、ウチの弱みを握れるとでも思ったのか知らんけど、いろいろと周りを嗅ぎまわってるっぽくてなー」

「ああ、それでわざわざ偽装工作をしに」

「そゆことー。学校でイチャついてやれば、納得するしかないだろー？」

「そんな遠回しなことしなくても、不良なら暴力で黙らせそうなもんだけど……」

「やー、ウチ、平和主義だからさー。暴力とか使いたくないんよー」

「変な不良……」

そういえばコイツがクラスの不良をぶちのめしたときにも、こんなこと言ってたっけ。

『イジメとか暴力ってのはさー、ふつうに犯罪なんよ。学校の取り締まりが厳しくなったり、警察が目を光らせるようになったら、どう責任取ってくれるんだ？』

つまり音井はふだん暴力を使ってないってことだ。少なくとも使わないように気をつけてる。

確かに《紅鯉無尊《クリムゾン》》の連中と数日だけ一緒に行動したが、これまで目にした不良行為は学校のサボりだけだ。暴力も恐喝も暴走も飲酒も喫煙も見かけてない。口調こそ暴力的で攻撃的なやつもいるが……口の悪さだけならまあ、お行儀は悪いが、ただそれだけだ。

「なあ音井。もしかして《紅鯉無尊《クリムゾン》》って……」

と疑問を口にしようとしたとき。

ぐう、と。腹の虫が鳴《な》いた。

音の発生源は、目の前の女子。

「あ、えーっと」

恥ずかしい音を聞いてしまった。

こういうとき、どう反応すりゃいいんだ？　聞こえなかったフリするのが紳士的か？　それともあえてイジって笑いに変えるのがスマートなのか？　駄目だ。女の子のキャラ対策ができてなさすぎて対応できん。これがゲームなら詰み状況だ。

「めっちゃ空腹でウケるわー。めんどいからウチの弁当、開けてくれー」

「恥じらいゼロかよ！」

しかも俺に弁当の包みを解かせるのかよ。それくらい自分でやったほうが早いだろうに。

どんだけめんどくさがりなんだ、コイツ。

……とか言いながら、言われた通りに包みを解く甲斐甲斐《かいがい》しい俺。

「すごいな、こりゃ」

小風呂敷《ふろしき》の中から出てきた弁当箱を見て、思わず素直な感想が口から漏れる。

つるりとした漆《うるし》の手触りと古風で華美な市松模様。あきらかに高価な品だろうに成金めいた下品さをいっさい感じさせない、ナチュラルな高級感だ。

木の香りがさりげなく香るのもまた風流で。

「ふたもあけてくれー」

「そこまでやらせるのかよ……。って、うおおお。こ、これが弁当……だと……!?」

おねだりされるままに蓋を開けた瞬間、飛び込んできた中身に目を瞠《みは》る。

厚焼きたまご、あおさの揚げ物、大根の甘酢漬け、海老《えび》の芝煮、合鴨《あいがも》の燻製《くんせい》に、赤魚の西京焼きまで。何かおめでたいことがあったときに両親が買ってきた、ちょっと豪華な和食に入るような料理がずらりと詰め込まれている。

ごはんだけはゴマと梅干しのシンプルなものなのがまた上品だ。

「ヤンキーの弁当じゃないだろ……」

「そりゃあ、弁当を作ってるのは家の人間だしなー」

「滅茶苦茶《めちゃくちゃ》恵まれた家すぎる……」

つくづく疑問だ。どうしてそんな由緒正しい家に生まれた娘が不良なんかになってるんだ？

そう思いつつ、弁当箱を渡そうとすると——。

「………」

音井は、何故か受け取ろうとしない。

じーっと、俺の目を見ている。

「……なんだよ」

「あーん」

口を開けてきた。

……マジかよコイツ。弁当箱を開けるだけじゃ飽き足らず、食わせろって？

そんな恥ずかしいこと、できるわけないだろ！

「あーん」

「ほら、自分で食え、自分で」

「……そっかー。彼氏は、そういうことしてくれるって、聞いてたんだがなー……」

「な、なんだよその残念そうな顔は」

音井にしては珍しく眉根《まゆね》を下げて、しょぼんとした雰囲気。

ぐ……予想外っていうか、微妙に罪悪感をくすぐられる！

飯を自分で食うのは常識、世の理《ことわり》。他人に食べさせてもらうことこそ忌むべき怠惰の所業。

だっていうのに、なんだこの眼差《まなざ》しは！　まるで音井を甘やかさない俺こそが極悪人なのではと勘違いしてしまいそうになる。

人間の情欲を煽《あお》り色欲を貪らんとする悪魔がサキュバスだとしたら、俺の庇護《ひご》欲を煽り怠惰を貪らんとする音井は……何の悪魔だ？

「………。あーん」

「ぐっ。くううっ。……耐えろ！　耐えろ俺の右手！」

震える右手はぷるぷると、悪魔に操《あやつ》られるかのようにプラスチックの容器からこれまた市松模様の箸を取り出した。

そして俺の意思に反しておかずをつまみ、ゆっくりと音井の口に近づけていく。

「ぱくっ。……んまー」

「くうううう！　やってしまった！　俺としたことが！　俺としたことがッッッ！」

この右腕め！　上腕二頭筋め！　何をやってるんだ！　と筋肉系芸人のように誘惑に負けた右腕を叱りつけながら悶絶《もんぜつ》する。

「どうしたー。次はまだかー？」

「ほうら厚焼きたまごだぞ～、黄色くてプルプルで美味《おい》しそうだぞ召し上がれ～！」

「ぱくっ……うーん。なかなかいいなー。もうひとくちー」

ヤケクソなノリで口に放り込んでやるが、音井は満足する気配もなくふたたび口を開ける。

雛鳥《ひなどり》に餌を与えるような感覚、と表現したら可愛らしい印象かもしれないけれど。何となく、介護しているような気分になるんだよなぁ。

もっとも、ペットの餌やりだろうと介護だろうと同級生の女子に対してやると背徳感がヤバいのは同じなのだが。

――結局、俺は弁当箱が空っぽになるまで、そんな感じで「あーん」をさせられて。

満腹、満腹、と音井が幸せそうにお腹《なか》をさする姿を見るまで、俺は自分の昼飯に手をつける暇すら与えられなかった。

「やー、彼氏っていいなー。ラクチンだー」

「ほぼデートDVみたいなもんだぞ、これ」

「まじかー。嫌がってるように見えなかったんだが、嫌だったのか？」

「嫌ではなかった自分が悔しい……！」

「なら合意の上ってやつだなー」

そう言って、へらへらと笑う音井。

「てか彼氏じゃなくて子分だろ、これじゃ。どうせ《紅鯉無尊《クリムゾン》》の部下にも同じことさせてたんだろ」

「いやー、ないない。それはないわー」

「え？」

「ウチは《紅鯉無尊《クリムゾン》》の総長だぞー？　こんなダルダルな姿、見せられるわけないだろー」

「おかしなやつだな。身内に対しての方が素を見せられるもんだろ？」

「んや、そうでもないぞー」

音井のそれと比べたら質素な弁当（親が海外に行ってから自分で作っているので、冷凍食品を軸にレンジで簡単に揃《そろ》えられるおかずだけで構成されてる）をつまもうとする手をピタリと止める。

俺が彼女の言葉に納得してないと察したんだろう、音井は自分の中で言葉をまとめるような間を空けてから口を開いた。

「リーダーっていう『役割』には、『役割』らしい姿が必要なんよー。身内だからこそ余計に、自分の見せ方が重要になってくるもんでなー」

「息苦しくないか、それ？」

「まあなー。でも、どんな集団でも同じじゃないか？　家族にだってあるだろ。一家の大黒柱だからこそ見せなきゃいけない顔と、見せられない顔がさー」

「さすがに家族でそんなこと……」

と言いかけて、言葉を止める。

「いや……ある、かもしれない」

両親の顔を思い出す。

北米に進出してハリウッドやブロードウェイの役者を飾りたい――そんな学生時代からの夢を、親という『役割』を与えられた彼らは、いっさい俺に見せたりしなかった。

俺に打ち明けたのも、ふわふわした夢から、地に足のついた現実に着地してからで。

そのときだって、急にこんなことを言い出して本当にごめんな、と、心底申し訳なさそうな顔をしていたわけで。

「まーとにかくさー。ウチは《紅鯉無尊《クリムゾン》》の総長として、威厳ってやつを見せなきゃなのさ。部下をあごで使うのはいいけど、さすがにこーゆー誰かに甘えるようなダルダルーなトコは、見せられんのよなー」

「俺にだけ、か」

「まーそうなるなー。大星は《紅鯉無尊《クリムゾン》》と無関係だしー」

「彼氏でも仲間としては認められないのか？」

「内側、とは言えないなー。強いて言うならアレだー。外部の協力者、的な？」

「浅い知り合いっぽさ全開の関係だなぁ」

「まーでも、それくらいの距離感がいちばん気楽だろー。責任とかないし、ウチが駄目な姿を見せても、寝首かかれる心配も、失望させることもないしなー」

冗談なのか本気なのか微妙なことを言い、皮肉っぽく笑う音井。

顔の良い女子が俺にだけ見せる一面、という言葉が頭に浮かんで思わずドキっとしてしまう。あくまでニセ彼女だっていうのに。危うく勘違いしちまいそうだ……。

「なあ、大星ー。おまえ、下の名前なんだっけ？」

「明照、だけど」

「あきてる……んー、四文字は正直めんどいなー」

「親友のオズはアキって呼んでる」

「おー、いいなそれ。ウチも真似《まね》るわー。アキ。アキ。アキ。おー、らくちんだー」

「そういえば音井の下の名前って何だっけ。俺もあだ名で――」

「あ？」

「ごめんなさい。調子に乗りすぎました。何でもありません」

急にドスのきいた声を出さないでほしい。怖すぎる。

あだ名に嫌な思い出でもあるんだろうか。それとも下の名前がよっぽど気に入らないんだろうか。

前にクラスの名簿で一度だけ下の名前を見かけた記憶がある。特殊な漢字だったたから読み方まではわからなかったけど、けっこうカッコいい感じの名前だった気がするけどなぁ。

しかしまあ、なんていうか。

「親友といいニセ彼女といい、俺に近しいやつはどうしてみんなコスパの良い呼び方を求めるんだ……この効率主義者どもめ」

まあ、あだ名で呼ばれるのは悪い気はしないけどな。ましてやこんなに可愛い女の子に。

……って、いつの間に俺は音井を可愛い判定してるんだ。不良集団の総長だぞ。恐ろしい女であることは何も変わってないんだぞ。ちょっと仲良くなったからって油断禁物だ。

自らの頬《ほお》をたたき、気を引き締める。敵のパンチが重いので次のラウンドからガード多めで行こうと決意して臨む格闘家のようなキリっとした目を作っ——た瞬間、音井が肩にこてんと頭を預けてきて俺のガードは崩され下あごクリーンヒットで無事死亡した。

「おとっ……音井ぃ⁉」

「はー、落ち着く。アキの体、ほどよくあったかくて、こうしてると本当らくちんだなー」

「だ、だだだだ駄目だろこれ。不良の総長がやっていいことじゃないだろ！　不良やるなら女を捨てろ主義者の紅サソリあたりに見られたら絶対怒られるぞ！」

「でもこのらくちんさを覚えたら、もう元には戻れる気がしなくてなー。ウチのことを『女』にした責任、取ってくれよなー」

「その表現、《紅鯉無尊《クリムゾン》》のメンバーの前では絶対に使うなよ⁉」

ただでさえヤッた、ヤッてないでＬＩＭＥグループの会話がカオスになったんだから。

「こらこら動くなー。頭の位置がずれるだろー」

「うぐっ。ぐぐぐ……」

頭の位置を調整する動きが、幸いにも……いや、不幸にも、俺の腕にこすりつけるような動きになって、心地好《よ》いくすぐったさに襲われる。

どうしよう。完全に恋人同士でしかあり得ない構図だ、これ。

体温が超リアル。生々しく伝わってくる。

シャンプーだかリンスだか香水だか体臭だかわからない、とりあえず甘いことだけはわかる匂《にお》いも存在感がえぐい。

心臓が死ぬほど暴れて、ずきゅんぶきゅん鳴ってるの、音井にバレてるんじゃないか？

「……！　……！」

息が詰まりそうな緊張に全身がカチコチに固まっている俺。それに対し、音井は動じた様子をすこしも見せないのが何だか悔しい。おのれ、天然サキュバスめ。純情な俺をたぶらかそうってのか。

耳元で音井が囁《ささや》くように言う。

「なあ、アキ。ウチらのこと、知りたいんだろ？」

「……！　……あ、ああ」

その問いで、我に返った。

そうだよ俺。最初の使命を忘れるな。

「なら今日の放課後、ウチらに付き合えよ。アキにも、見せてやるからさー」

「……何を？」

「何って、そりゃあ、ウチらの悪いとこ、ろ、だよ」

「……！」

息を呑《の》む。

これまで俺が見てきた《紅鯉無尊《クリムゾン》》は何だかんだイイやつが多くて、不良集団であることを忘れそうになるほどだった。

でも、ついに。

巷《ちまた》で噂される集団の闇《やみ》——悪行を、この目で確認できるときが来るのか。来てしまう、のか。

「どうする？　来てみるかー？」

正直、見たくない自分がいる。

音井や他の連中——関《かか》わる中で良いところを見つけたやつらが、擁護できないレベルの悪行に手を染める瞬間なんて見たいわけがない。

でもそれを見なければ、直視しなければ、そもそもここにいる意味がないから。

だから俺は、うなずいた。

「ああ。俺に見せてくれ——《紅鯉無尊《クリムゾン》》の、正体を」

＊

最近の漫画に出てくる不良は見た目は怖いけど実は優しいとか、悪行三昧と見せかけてただ仲間内で駄弁ってるだけってパターンが多かったりする。

あれはフィクションの話だろと冷笑されるかもしれないが、今の俺はその妄想じみたオチを期待せずにいられなかった。

頼むぜ、《紅鯉無尊《クリムゾン》》。実はイイ人路線、期待してるからな！

と、星に願いをならぬ音井に願いを込めていたのだが——……。

「ッゾ、ゴルァ‼」

「んだとオラァ‼」

「こーろーせ！　こーろーせ！」

「ぶちのめせ！　ぶちのめせ！」

……ガッチガチにアウトだったァ——‼

期待は見事に裏切られた。

放課後、連れてこられた河川敷。俺が目《ま》の当《あ》たりにしたのは、そこだけ時計の針を100年ほど戻されたような野蛮の坩堝《るつぼ》。

時代錯誤な派手なルックスの不良どもの群れ。熱狂と興奮に喉《のど》をからして叫び、ゴツい原付の野太いトルク音が夏の爽《さわ》やかな空気を世紀末じみた灰色に染めていく。

彼らの視線と感情が向く先は、ただ一点。

一触即発の空気の中、額と額をくっつけて鼻息荒く向かい合い、睨《にら》み合《あ》う男と男。

どちらが勝つのか。どちらが強いのか。強者と強者の決着を期待して観衆たちは沸いていた。

闘技場――そうとしか呼べない光景が、そこにあった。

「センパイも来てたんスね～。センパイはどっちに賭《か》けるッスか？」

「賭けねえよ！　喧嘩賭博《けんかとばく》とか完全に黒じゃねえか！」

河川敷の階段という特等席、音井の隣に座っていた俺の後ろから橘浅黄がかぶさるように声をかけてきた。

「おカタいこと言いっこなしッスよ～。センパイだって血がたぎってるっしょ？」

「たぎるわけないだろ……どこの戦闘民族だよ」

むしろ萎えてる。げんなりしてる。

だってそうだろ、最近絡《から》んでた連中がこんな前時代的な野蛮な娯楽にうつつを抜かすような馬鹿どもだったとか。ガッカリすぎる。格闘技の観戦が楽しいってくらいなら可愛いもんだが、金を賭けたら犯罪だ。

「センパイってば真面目《まじめ》ちゃんッスね～。現金は賭けてないんだからいいじゃないッスか」

「勝ったら音井ポイントが貯《た》まって、それを使えば音井さんちにある楽器とか機材を貸してもらえるシステムだっけか。あとはバスケボールを貸してもらえたり、音井家の中庭をダンスの練習に使わせてもらえる……か」

「そうそう、それくらいならセーフっしょ？」

「厳密には決闘罪とかもあるし喧嘩自体が法的に怪しい気がするけど……」

「あそこで喧嘩してる奴《やつ》らは将来格闘技選手になりたい奴とか、体を鍛えることに生き甲斐を見出してる奴らばっかりッスから。スパーリングみたいなもんスよ」

「だが、こんな屋外で勝手にだな」

「ああもうこまけえ！　こまけえッスよ、センパイ！　不良がルールに縛られてどうするッスか！　そんなんだから童貞も卒業できないんスよ！」

「貞操は関係ないし俺は不良じゃないんだっての……てか距離が近えよ」

ベタベタしてくる橘を押し返す。

偽りとはいえ総長の彼氏だってのに、このゼロ距離コミュニケーションはどういう了見だ。ボスの男をＮＴＲする子分とかケジメ案件だと思うんだが。

……まあ橘は俺と音井の関係が嘘《うそ》だと知ってるわけで、不自然もないけどさ。周りの目とか気にならんのかね、コイツは。

「ちなみにアタシのギターも、音井ポイントで借りてるんスよ。いつか金貯めて、マイギターを買うまでは賭けに負けるわけにはいかねーッス」

「お前のギターも……」

思わず隣の音井の顔を見る。

音井は横目でちらりと視線を向けると、おう、と無言でうなずいた。

いやいやいや。おう、じゃないんだよ……。

「女子まで喧嘩賭博をガンガン楽しむとか、信じらんねえ」

「あー！　いーけないんだ、いけないんだ。コンプラ違反の男女差別発言ッスよ！」

「おまえら不良がなんたら違反って言える立場か？」

「アタシはいいけどセンパイは駄目ッス」

「理不尽すぎる……」

ワガママ放題、傍若無人。ウザさ極まる女の相手は疲れるな、まったく。

ただひとつ、橘については気になることがあった。

俺に対してやたらとウザ絡みしてくるから、てっきりこれが橘なりのコミュニケーションで、他のやつにも同じようなことをしてるもんだと思ってたんだが。

ここ数日、《紅鯉無尊《クリムゾン》》の連中と一緒に行動してみた感じ、橘が他の仲間にウザ絡みしてる様子はまるでなかった。

元気でガメつくてギターに熱いところはそのままだが、ウザいイジりもしないし、人を童貞だの何だのと罵ったりもしない。

「なんかおまえ、俺の扱いだけ特別に悪くないか？」

「そッスか？」

「他のやつに童貞イジりしてるところ、見たことないんだが」

「そりゃセンパイの他に童貞っぽい男、あんまいないッスから。わざわざやるわけないッス」

「ならいいんだけどな…」

「何スか。何か言いたいことでもあるッスか？」

耳元で訊《き》いてくる橘。音井もそうだったけど、顔が近いんだよな……不良特有なのかこれ。ガチ恋距離ならぬカチコミ距離、みたいな。……我ながらくだらなすぎてアレだけど。

言いたいことがあるだろうと訊かれたら、なくもない。

他の連中には絶対しないウザ絡みを、こんなにも近い距離感でしてくる女。橘が俺のことをどう思ってるかは知らないけど、客観的に見たらこれは――……。

「俺にだけウザいことしてくるって、やめたほうがいいぞ。なんつーか、その。誤解される、っていうか」

「誤解？　どーゆー意味ッスか？」

目をパチパチと瞬かせる橘。

俺は目を逸《そ》らしつつ、ぼそりとつぶやくように。

「お、俺のことを、その……好き、なんじゃないか、みたいな。ボスの彼氏なのに」

クソ恥ずかしい台詞《せりふ》を口にした。

すると橘は、不意を突かれたようにポカンとした後。

「ぷ……ぷふっ、あはは！　あはははは！」

爆笑した。

「やっぱ、特別扱いイコール恋愛感情って！　ぷ、あはは っ、小学生じゃないんスから～」

「…………」

「モテた経験なさすぎて良い絡みもアレな絡みも全部ひっくるめて嬉《うれ》しくなっちゃうヤツ？　いやぁ～筋金入りッスね、センパイ！」

ばっしん、ばっしんと楽しそうに背中をたたいてくる橘。俺の肩が震えているのは泣いてるからじゃない。ムカついてるからだ。……本当だぞ。

「アタシ恋なんかしたことないからわかんねーッスけど、好きならフツー好きっぽい乙女回路全開な絡みかたするっしょ。優しくしたり、可愛い姿を見せたり。たしかにアタシがウザ絡みしてんのセンパイだけッスけど、好きならやらねーッスよ。常識的に考えて」

「……漫画とかなら好意の裏返しとかよくあるんだよぅ」

「いやキモいッスわ～。漫画と現実をごっちゃにするとかマジないッスわ～」

「……くっ」

駄目だ、心が折れそう。正論なのが余計に胸にクる。

表向き恋人ってことになってる音井の前でも堂々と密着しまくりの絡みを見せてるのは、単にこの行為が誤解を招くものじゃないと思ってるからなのか。蓋を開けたらそりゃそうだよなって事実だけど、男としてはガックリくるものがあった。

「まあ――」

肩を落とす俺の耳元で、橘は怪しく囁いた。

「ある意味でセンパイを特別視はしてるッスけどね」

「ある意味？」

「親ガチャに成功した勝ち組のくせに、恵まれた環境に無自覚なヤツ。センパイからプンプン漂うそーゆー空気がウザいんで、ついつい意地悪したくなるんスよね〜」

「……！　橘、それって」

親ガチャ、という単語に。……その裏に垣間見えた闇に、俺はピクリと反応する。

瞬時に強張《こわば》った頬に、ぷに、と細い指が埋まった。

「ほら、シリアスな顔した。そーゆーところッスよ、センパイ」

「……へ？」

「無自覚に人を不幸と決めつけて同情すんなってコト。べつに心配されなくても、アタシらはアタシらで自力で生きてんスよ。余計なお世話だってーの」

アタシら、と、橘は言った。

彼女の視線は目の前で野蛮な娯楽に興じる不良たちに向いている。

「ふんぐらばぁ‼」

「ふべらっ⁉」

「入った——ッ！　おいおいおい綺麗《きれい》なアッパー決まっちまったぞ！」

「アゴ砕けたんじゃね？　イキってたくせに整形コースかよ、ざまぁねえなぁ！」

「ぎゃははははは！」

……相変わらず河川敷の決闘場では法治国家日本とは思えない光景がくり広げられている。顔面をボコボコの血だらけにして倒れる男たち。見てるだけでこっちまで肌がヒリヒリしてくるような、見るに堪えない姿。

でも彼らは、誰もが同意の上でそこに立っている。

悪事は悪事、大悪事だ。

だが、無関係な人間を巻き込むたぐいの悪事と比べたら、不良だけの文化圏で収まっているだけマシ……なんだろうか？　わからん。こいつらと近づきすぎて、今の自分がフェアな判断を下せてる自信がない。

ただひとつだけ言えるのは、ここは、堕《お》ちてきてしまった連中だけの世界だってことだけだ。

「……ふざけんなよ」

「なっ。……何スか、センパイ。睨んだりして、アタシに喧嘩売ってんスか？」

「おまえらの作法に則《のっと》る気はねえよ、俺は一般人だ。オズの妹もそうだ。クソみたいな世界に巻き込むんじゃねえよ」

橘の目をまっすぐに睨むと、俺は確かな決意を込めてそう言った。

そうだ。自分たちの世界と割り切ってるからセーフ――その理屈は、不良たちだけでの間ですべてが完結してるなら成立する。勝手にしてろって、俺も思う。

でも橘は、オズの妹を――小日向彩羽を仲間に引き入れようとしてるんだ。

不良集団は不良集団。情状酌量の余地なく悪事もやらかしてる。

絶対に、認められない。

「何の根拠があって彩羽の《紅鯉無尊《クリムゾン》》入りを止めるんスか。センパイは彩羽の何なんスか」

「友達の妹だ」

「いやそれ他人っしょ」

「ただの友達じゃない。親友と呼んでもいいと思えた友達の、妹だ」

ブレることなくハッキリした声で断言する。

正直、小日向彩羽と俺の関係は希薄どころか無といっていい。どんな性格で、どんな食べ物が好きで、何に笑って、何に怒って、何に悲しむのかすら知らない赤の他人だ。

けれど俺はオズの才能に惚《ほ》れた。クラスに馴染《なじ》めずにいるオズにすこしでも良い環境をと、思わずにいられない。

手前勝手なエゴイズム全開の思考だと笑えばいいさ。橘に言わせれば無自覚の恵まれ野郎だっけか？――だから何だ？お節介上等。余計なお世話で大いにけっこう。

「おまえらが自力で好きに生きてるっていうなら、俺だって俺の好きに生きてるだけだ。そこに違いなんてあるのか？」

「……ッ」

何も言い返せないのか、ぎり、と歯を噛《か》む橘。

俺を睨む眼光が鋭くなり、瞳《ひとみ》には強い感情が滲《にじ》み始める――。

「あー、はいはい。そこまでなー」

一触即発の空気に割って入ったのは、音井だった。

それまで俺と橘の会話を遮《さえぎ》ることなく傍観していた彼女が、二人の間にぐいと体を割り込む。

「アキ、ちょっとツラ貸そうなー」

「なんだよ。橘とはまだ話が……あだだっ⁉」

「きょーせーれんこー」

「ちょ、待てよ！　うわぁ⁉」

ＩＱがとろけるような間延びした掛け声に似つかわしくない腕力で俺の首をロックすると、音井は引きずるように河川敷の階段を上がり始めた。

「あれっ、姐さんどこに？　これからがイイとこだってのに！」

「あー、ちょっと彼氏とシケこむわー。賞品と換金は浅黄に任せてあるから、勝者が決まったら適当によろー」

「うっす！　……くそう、明照クンめ、姐さんとチョメるとか羨《うらや》ましーっ！」

不良たちの羨望の眼差しを浴びながら俺は、首を完全に極められながらずるずると引きずられていく。何も知らずに羨ましがるとは、呑気《のんき》なやつらめ。

……いや、実際、顔の横に音井のかなり豊満な胸の感触がふわふわ当たってるのでうらやま要素ゼロではないんだが。あ痛っ、痛い。首の痛みが煩悩を戒めてくる。ごめんなさい、反省してます神様。

＊

空は茜《あかね》色に染まりつつあった。

河川敷から離れ、俺と音井は二人、夕方の物寂《ものさび》しい街を歩いている。

俺の首は不良たちの野蛮な歓声が聞こえなくなったあたりで解放されていて、今は痛みも胸の幸福感も記憶の中にだけ残っているだけ。俺と音井の距離は恋人同士のそれではなく、ごくふつうのクラスメイトと同じ、人がひとりくらい間に入れそうな適度な距離。

エンジン音も怒声もない平和な空気。あたりまえのそれが何だか久しぶりで、貴重なものに思えてくる。

「さっきの喧嘩風景。どう思った？」

ふいに隣を歩いていた音井がそう訊いた。

本当に唐突だ。ここまでほぼ会話がなかったから、俺はとっさに気の利《き》いたことが言えず、平凡な答えを返す。

「橘に言ったとおりだよ。悪事は悪事。大悪事だ」

「ほんとそれなー」

俺を指さして、ハハ、と笑う音井。

いや、何わろてんねん。……と、関西人でもないのに似非《えせ》関西弁でツッコミを入れたくなる。

「他人事みたいに言うなよ。音井が主導してるんだろ?」

「やらせだけどなー」

「……は?」

今、なんて言った?

予想外の言葉すぎて聞き落としてしまった。気のせいかな。やらせ、って聞こえた気がするけど。

「あいつら、喧嘩賭博してる気でいるけど、実際は何も賭けてないのと同じなんよー」

「何もって……だって実際、やってるよな?」

「あの河川敷にいた不良、《紅鯉無尊《クリムゾン》》のメンバーだけじゃなかったろ?」

「あ、ああ、いつもより人数多かったし、あきらかにあちこちのチームから集まってるんだろうなって感じの雰囲気だった、気がする」

「実はなー、あれ、サクラなんよー」

「サクラって……なっ、《紅鯉無尊《クリムゾン》》のやつら以外、全員か⁉」

「そゆことー。大勢が賭けに興じてる空気感が出て『めちゃ悪いことしてる』って感じになるだろー？　あいつらそういうの大好きだからさー。でも実際は他の奴らは賭けてないんだー。《紅鯉無尊《クリムゾン》》の連中が絶対に勝つようになってるんだー。スパーリングやってる奴らには途中まで真剣に戦っていいけど最終的に勝つ方はこっちなーって指定してるんよー。ま、プロレスみたいなもんかなー」

「じゃあ音井ポイントのやり取りって……」

「そ。《紅鯉無尊《クリムゾン》》で、何かしら自分のやりたいことがある奴らだけ稼げるようにしてるんよ。てかさすがにウチが貸せる楽器とか機材にも限りがあるからさー。この人数がガチで参加してたら、誰かがずっと借りられない、ってなるだろー。そしたら結局、不満が溜《た》まって悪いことしちまうからさー」

「ま、待ってくれ。ちょっと整理する時間をくれ」

音井の説明を遮って、頭痛をこらえるように頭を押さえる。

コイツはいったい何を言ってるんだ。

あの野蛮な空間が全部やらせだって？　それこそ俺を惑わすためのデマ情報だろ。

複雑な情報を詰まることなく言いきれるってことは、少なくとも付け焼き刃の嘘ではないんだろう。

もし嘘だとしても、入念に作り込まれた嘘だ。

だが説明の流暢《りゅうちょう》さだけで信じてしまうほど俺の脳味噌《のうみそ》はお花畑じゃない。これでも新興宗教の勧誘や怪しいセミナーに騙《だま》されないだけの冷静さはあるタイプだと、俺は自負している。

「お前に何の得もないだろ。わざわざ自分の私物を無償で貸し出すためだけのイベントを運営するとか、何がしたいんだ？」

「その答えは、『ここ』にあったりしてー」

「『ここ』って……え？」

いつの間にか立ち止まっていた音井が前方へとあごをしゃくった。

目的地もなく雑談しながら歩いているだけ……そう思っていたのに、俺は、気づかぬうちに導かれていたらしい。

「ここって、公営団地……だよな？」

「正解ー」

ぱちぱち、と音井が小さく拍手した。

生け垣に囲まれた広い敷地。５階建ての建物が何棟も連なるように建っている。

もう夕方なのに取り込まれ損ねてベランダに干されたままの布団《ふとん》が生活している人の息吹を伝えてくるようで、帰るべき故郷も特にない俺でさえ郷愁感を覚えてしまう。

小学生くらいの子どもたちが走り回り、敷地内に設置されたブランコはきぃこきぃこと金属の擦《こす》れる音を奏でていた。

「ウチさー、小学生の頃、この団地に住んでた友達とよく一緒に遊んでたんよ」

「へえ」

あまり興味がなかった。そりゃ普通にあることだろう、としか思わなかった。

「当然だろって思うだろ？　でも違うんだなー」

「この辺の小学校に通ってたなら、ここと学区がかぶっててもおかしくないだろ」

「ところがウチ、小学校は私立でさー。この団地の子は、誰もウチと同じ小学校に通ってないんだ」

「……え？　じゃあ、どうして？」

「小学校はちょい遠めで、放課後帰ってきてから遊べる友達もいなくてなー。ひとりで遊んでたら、この団地の子たちとたまたま一緒に遊ぶようになったんよー」

「ああ、なるほど。そういう経緯で。……ってあれ？」

おかしいな。

「小学校が私立なのに中学は公立ってどういうことだ？　公立から私立に変えるのはありそうだけど、逆って珍しくないか」

「友達がいるほうに行きたかったんよ。親にわがまま言ってなー」

「……あー」

　自分にも心当たりがある行動だった。

　両親が渡米してもオズとの関係を優先して日本に残った俺と同じだ。音井にこんなセンチな感情があるのは意外だが。

「けどまあ、結果的には友達と一緒の学校に入らないほうがよかったのかもなー」

「どういうことだ？」

「その友達、入学して間もないうちに事件起こしてなー。少年院行きしたんよ」

「なっ……マジかよ。知らないぞ、そんなの」

「表向きは転校ってことになってるからなー。察しのいい連中の間では噂が回ってるけどー、まー友達の少ないアキなら、耳に入らなくても仕方ないかなー」

「ぐ……陰キャなだけで情報格差まで……」

　この社会、やるせないほどえげつない。

「罪状は窃盗罪。保護観察と思いきや常習犯で反省の色も見せないってことでソッコー院行き。友達がそんなことしてるなんて予想外すぎてさー、知らされたときはめっちゃキツかったっていうか。軽く吐いたわー」

「よく笑いながら話せるな……」

「さすがにもう過去の話だしー。おかげで今は悟りの境地ってやつ？　よほどのことがなきゃ動じないわー。ハハ」

乾いたような浅い笑みをこぼす音井。

彼女の同年代とは思えない落ち着きっぷりの理由がわかった気がする。

「まーあれは嫌な出来事だったけど。そのおかげで、今まで見えなかったものが見えるようになってなー。――この団地に有名な不良が住んでて、ちょっとヤンチャな子たちに悪い影響を与えてたって、それまで知らなかったんだよなー」

「有名な不良……」

「そ。欲しい物があるなら盗めばいい、気に入らない奴は殴ればいい、モテたければ女の子を襲えばいい、みたいなファンタジーの山賊かってくらいの脳味噌の奴が住んでたみたいでなー。少なからず影響を与えてたみたいなんよ」

「そんな物騒なやつ、実在するんだな……」

「人伝《ひとづ》てに聞いたらこうなるようなのはわりといるもんだぞー。まあ問題児すぎて気づいたら団地からもいなくなってて、今どこで何やってるかも知らんけど。噂じゃ都心で半グレやってるとか、ヤクザになったとか」

「……たしかに徹底して悪いほうに落ちていったら、そういう道を辿《たど》るよなぁ」

「ただまあ、その人がいなくなっても、その人のマインドみたいなものが残っちゃったらしくてさ。ウチら世代の子たちの――中でも特に家庭に不満があったり、ままならないことがあったりするやつらは、影響を色濃く受けて不良に傾いちまってなー。もちろん他人に影響されたからって悪に傾くことを正当化はできないんだが……それでも、判断能力が未熟なうちはさ、それが正解なんだって断言して、ルールから外れてる人間が幸せそうにしてたらさ、自分も、って考えちゃっても、おかしくないと思うんだよなー」

——小日向彩羽みたいに。

音井の台詞《せりふ》に付け加えるように、そんな一文が俺の頭に浮かんだ。

「家庭の経済状況、親から押しつけられたルール……理由は人それぞれだけど。欲しい物が、ちょっとだけ手に入らない。やりたいことがちょっとだけできない。食べたいものがちょっとだけ食べられない。行きたい場所にちょっとだけ行けない。そんでもって、将来の夢をちょっとだけ諦《あきら》めなきゃいけない……そのちょっとだけが積み重なっていくと、気づいたら大きな差ができてるんだ。そしてあるとき拡《ひろ》がりすぎた隙間《すきま》から、周囲の人間と自分の境遇の違いに気づく。見えちまう。でさ、見えちまったら、どうすると思う？」

「……正そうとする。隙間を埋めて、差をなくして、自分も同じなんだと言いたくなる」

「そう。正攻法でそれができたら簡単だよなー。親におねだりして小遣《こづか》いが増えて、不自由が何もなくなれば解決だ」

「でも、世の中、そう簡単には……」

「いかないわけだなー。だったら、その隙間を埋めるにはもう強引《ごういん》な手段に頼るしかない……。

そうだろ？」

「だからって悪事の言い訳にはならないだろ。折り合いをつけて、正々堂々生きてる人だってたくさんいる」

「それはその人たちが凄《すご》すぎるだけでなー。ウチは、悪堕ちする連中を一方的に責める気にはならんのよー」

もちろん悪事はＮＧってのは前提でー、と前置きして音井は言う。

「だからウチは、あいつらの受け皿を作ったんよ。本物の悪人に影響を受けちまった昔の友達や年下の子たちが致命的に道を外れる前に、おままごとで済むように。他に興味のあることを見つけて、真っ当な道を歩み出すまでの間、不良気分だけをたっぷり味わえるだけの組織——それが《紅鯉無尊《クリムゾン》》なんだ」

「……！　つまり、橘や《浅草下町メタル》の奴ら、《紅鯉無尊《クリムゾン》》のメンバーは全員——」

「そ。この辺に住んでて、悪い奴の影響を受けちゃった連中」

「…………」

言葉が出ない。

自分が思いつく台詞なんて全部薄っぺらなんじゃないかと思ってしまうほど、音井の語った真実は壮絶だった。

なんだよ橘のやつ、人のことお節介だとか大きなお世話とか言いやがって。

おまえが尊敬してるボスは、お節介の究極系じゃねえか。

「もしかしてやらせの喧嘩賭博も。あんな遠回しなやり方をしてるのは……」

「そー。ウチがただ楽器や機材を貸そうとしても、あいつらは受け取らないし喜ばないんよ。自分の行動の結果に手に入れた――その実感が何よりも大事。施しを受けるなんて、いちばん屈辱的なことだからなー」

本当の意味で、彼らに寄り添った行動。

もちろん真実がバレれば彼らは怒り、音井への忠誠を失うだろう。反転アンチに転ずるやつも出てくるかもしれない。

だが嘘も隠し通せば真実になる。……いままでは音井の策は完璧《かんぺき》にハマっている。完全犯罪ならぬ完全善行だ。

「あいつらが取り返しのつかないところまで転がっていくのも見たくないし家庭の都合で将来の夢を諦めるっていうのも嫌だった。……ま、ウチの勝手なエゴだけどー。だからまあ、ウチにできる範囲の援助はしてやりたいと思ってるんよー」

「将来の夢……あ！　そうか、音楽！」

「まとあたりー」

「まとはずれの逆って意味なんだろうけど、そんな日本語ないから」

「ハハ、正論のツッコミおもろー」

「……で、音井んちで音楽の練習してたのも、そういうことってわけだ」

「そーそー。ホントは、ガチで誰にも迷惑かけない場所でやれたら最高なんだがー。さすがに用意するのが難しくてなー。昼ならギリセーフなんで、昼にやらせてるんよー。おかげで学校はほとんど行けなくて、サボりまくりだけどー」

「あいつらのために自分の出席日数まで犠牲にしてんのかよ」

筋金入りだな、ホント。

俺も大概お節介な男だと思うが、俺より遥《はる》かにレベルが上だぞコイツ。

会話しながら俺たちは公営団地の駐車場へ。音井は空いている駐車場の縁石に座った。

「おいそこ、車が来たら迷惑だぞ」

「来たらどけばいいだろー。こまかいやつめー」

それはそうなんだが。だとしても我が家のようにくつろぐのはどうかと思う。

しかもハンカチも敷いてなくてスカート直《ちょく》だし。自由すぎる。

「………」

自由な音井を横目に俺は黙考した。

「………」

俺が黙ると音井も黙った。

くしゃりと包装紙を剝《む》く音が聞こえた。手持ち無沙汰でチュパドロを舐《な》め始めたようだ。

ありそうだ。

――音井や《紅鯉無尊《クリムゾン》》の事情はわかった。

善か悪か確定しろと言われたら悪寄りの組織かもしれないけど、少なくとも秩序ある悪では

なら俺はどうする？　オズの妹は放っておいても大丈夫か？

……いや、違う。

「橘は知らないんだよな？」

「んー？」

「全部が音井の仕組んだことだって事実。音井の他に知ってるやつはいないんだよな？」

「まー、そうだなー」

「てことは、橘は本当に悪事をやってる意識ってことだ」

「そうなるなー」

「つまり正真正銘の不良集団だとわかってて、オズの妹を誘ってる……と」

「ま、そーゆーことだなー。……だからウチも、おまえらに小日向彩羽がどういうやつなのか確認したんよ」

体育館裏に呼び出されたときのことを思い出す。

あのときは何の取っ掛かりもなかったから答えられなかったけど。音井が何を知りたがっているのか知った今なら、小日向彩羽について無知な俺にも言えることがある。

「少なくともどうしようもない悪人の影響を受けたわけじゃないぞ、あいつは。経済的な事情でやりたいことができない立場でもないと思う」

「なんでそう言いきれるんだー？」

「同じマンションに住んでるんだよ。こっちにはそんなタチの悪いやつの噂はないし、家賃を考えたらたぶん経済的にはうちと同じくらいだろうなって予想はできる」

「……なるほーねー」

口からちゅぽんと抜いたチュパドロの棒を、宙に絵を描くように動かした。

考え事をしているしぐさ、なのか？　ぬらりと照った飴《あめ》を見つめて、音井は沈黙してしまう。

実際、小日向家は最低でも中流家庭、もしかしたら裕福な家庭なのは確実だ。

海外に行った両親から一ヶ月あたりの生活費や家賃の話を聞いたとき、俺もかなり驚いた。あたりまえのように住んでるマンションだったけど、確かに部屋数も広さも立地の良さも、安いはずがない条件が揃っていた。

両親ときたら北米進出もできるくらいに軌道に乗ってる会社をやってる上に、親戚には大手エンタメ企業の社長までいる。

こんな恵まれた家の人間が選んだ物件が、安いはずもない。

それにオズの家には独特の上品さ、高級感があった。

テレビがない光景は質素だったけれど、生活に窮しているような気配は微塵《みじん》もなく。小日向彩羽本人からも、俺に対しての塩対応はともかく、育ちの悪さみたいなものは感じなかった。

「小日向の家さ、おかしなトコなかったか？」

「おかしなトコ……」

訊かれて、考える。すぐに思いつくことがひとつあった。

「テレビがなかった、かな。まあ、スマホ一台あれば何でもできる時代だし、それだけで変とは言いきれないけど」

「テレビ……か。それなら、浅黄の言葉は本当なのかもなー」

「橘の？」

「ああ、小日向彩羽についてなー。どうして《紅鯉無尊《クリムゾン》》に誘おうと思うんだって訊いたらさ、楽しいことが何もできなくて退屈な毎日を過ごしてる子なんだって説明されてなー」

「楽しみが……ない……？」

「浅黄のやつは、自分と同じで貧乏家庭だから何も買い与えられてないいんじゃないかって話してたんだがー」

「いや、さっきも話した通りそれはないぞ」

「ん。だからまー、経済状況以外の理由で、どっかに歪《ゆが》みのある子なんだろうよー」

「歪み……」

「たとえば、『娯楽が許されてない』とかー」

「……オズはPCを持ってたし、いまの時代スマホがあるなら娯楽にも触れられるだろ」

「小日向彩羽がつまんなそうにしてるのは事実だしなー」

「もしそうなら――音井はあの子のチーム入りを認めるのか？」

「居場所がないやつ。ほっといたら非行に走るやつ。そういうやつなら、受け入れるかなー」

「そうか……」

ゆるい口調の裏に確かな信念が隠れてるのは明らかだ。

リーダーの音井は、信用できる人間だと思う。

小日向彩羽が《紅鯉無尊《クリムゾン》》に入ったところで、取り返しのつかない犯罪に巻き込まれることはないだろう。

だったら放置していても大丈夫、か？

………。

……………そうだな。そりゃそうだ。

非行に巻き込まれずにいられると、本当に約束できるなら大丈夫だろう。

だけど。

「音井だけが本質を理解してたとして、周りから見たらただの不良だ」

「……それが？」

「本質なんて他人はわかってくれない。いちばん外側に掲げられた看板だけ、表向きの見え方だけで人は評価されちまうし、判断されちまう」

教室がオズを排除したように。

不良集団の一員も、そのレッテルを貼《は》られたら最後、社会から弾《はじ》き出されてしまう。

教室での音井の扱いを見たはずだ。

俺やオズに対しての弱者に対するそれと違い、一見すると強者への賞賛を含んでいるようにも見える特別な視線。その視線に込められた感情こそ違えど、クラスの連中の結論は同じなんだ。

あいつらイジメられてるし——
あいつら何か怖いし——

——近づかんとこ。


そう言われてしまう人生を、友達の妹に歩ませるっていうのか？

隣で、くく、と笑う声がした。

すこしムッとして訊く。

「……なんだよ」

「んや。おまえってウチと似てるなーって」

「暴力は苦手だぞ。音楽への興味も知識もない」

「性格の話だっての。なんていうか、いま、すげえ悔しそうな顔してるじゃん。ナメられるのが嫌いなやつの顔なんよ、それ」

「否定はしない……どこの誰にナメられた気分なのかは、よくわからないけど」

もしかしたら、神様とか、そういうやつに対してなのかも。

オズの存在が受け入れられない環境。《紅鯉無尊《クリムゾン》》の連中が正道で救われることのない状況。

そしてそこに対して何ら優れた対策を思いつけない自分の無能さ。

それらすべてをどこかの誰かに笑われて、ナメられてるような気分になってきて。

って。

「絶対、このままにはしたくない」

何者でもないくせして俺は、意固地なまでにそう思う。

「音井も可能なら不良グループ以外の道で、《紅鯉無尊《クリムゾン》》の奴らを救いたいんだよな？」

「ま、そりゃなー。こんなごっこ遊びができるのは中学のうちまでだろうし。ずっとこのままってわけにはなー」

「わかった。そこも含めて、何かいい方法がないか考えてみる」

そう言いきったとき、一瞬、音井はうれしそうな顔をした。……ように見えたけど、これは幻覚だったのかな。

すぐにいつもと同じ無表情、平然としたポーカーフェイスに戻っていた。

「とりま期待しないでおくー」

「……おう」

正直、そのほうが助かる。

自分を追い詰めるために言葉にしただけで、実際、具体的な手段なんて何も思いついてないからな……。

ホント、我ながら情けなくなるぐらい無計画なやつ。

＊

『人気のない階段でお弁当……あーん……肩にこつん……夕暮れの団地でふたり、互いのことを知り、仲を深める会話……ぶくぶくぶく……』

『泡を噴き始めた⁉　か、帰ってこい、真白《ましろ》っ。真白————ッ！』

『音井さんのほうが真白よりニセ彼女らしいイベントやってる……おかしい。同じニセ彼女でどうして差がついたのか……慢心、環境の違い……』

『いや俺も最初は恋人らしくしようとしたんだぞ。ただ真白が超絶塩対応だったから……』

『そ、そういえばそうだった……真白のせいだった……うぐぐ。時間を巻き戻したい……』

『いや無理だから。いきなりそんな能力に目覚めたらジャンル変わっちゃうから』

『そうだ。死んだら時間が戻るんじゃないかな。死に戻りって設定あるよね。ラノベで読んだ。真白知ってる。真白かしこい』

『落ち着け！　現実は死に戻りもしないし異世界転生もしない！』

『でも誰も立証してないだけで。ワンチャンある』

『そのワンチャン、リスクリターンが合ってなさすぎるから！』

『もう聞きたくない……降りる。真白、もう観覧車から降りるっ』

『いまちょうどまた昇り始めたところだからしばらく無理だぞ』

『…………（茫然《ぼうぜん》）』

004

Tomodachi no imouto ga ore nidake uzai

第4話　友達の妹の友達に俺だけがウザい

音井《おとい》に大見得《おおみえ》を切ってから数日が経過し、週末の土曜日が訪れた。

その間、何の成果も得られなかった。

小日向彩羽《こひなたいろは》の不良化の阻止のアイデアも浮かばず、《紅鯉無尊《クリムゾン》》を解散させて光の当たる道に戻す方法なんて当然思いつくはずもなく。

三日三晩考えて、ようやく『最強の作戦』にたどり着いた。


「てわけで、何があったらカタギに戻れるか教えろ」

「イイ面の皮ッスね⁉」


例の公営団地の入り口。お昼過ぎ頃。

早朝から張り込んでいた俺《おれ》がギターケースを背負って出てきた橘《たちばな》浅黄《あさぎ》に声をかけると、彼女は声の最初から最後までたっぷりあきれの感情が詰まったツッコミを入れてきた。ト○ポも驚きの無駄のないツッコミだ。美しい。

「てか女子んちの前で待ち伏せとかバリキモなんスけど」

「安心しろ。おまえみたいなクソウザ女子に性的欲求を向けるわけないから」

「ああ言えばこう言う……河川敷でどんな別れ方したか覚えてないんスか？　よく平気な顔で会いに来れるッスね」

「小日向彩羽を諦《あきら》めてもらう。そのためなら恥なんか捨てていい」

「ウッザ……。他人のくせにここまで執着するとか。彩羽のこと好きなんスか」

「いやまったく。あと他人じゃなくて友達の妹な。彼女から見たら兄貴の友達な」

「だからそれ無関係なんスけど……」

「いいんだよ、関係値ゼロってわけでもないんだから。とにかく、不良をやめてカタギになり小日向彩羽の友達を続けるか、彼女を諦めて不良を続けるか、橘には選んでもらう必要がある。もしカタギになるための条件とか要望みたいなものがあれば教えてほしい。それを取っ掛かりにして、いい手段がないか考えてみるから」

「は、はあ？　いや、ワケわかんないッス」

疑問符を浮かべまくる橘。

俺にだって、ゴリ押しの自覚はある。けど、仕方ない。黙って受け入れてほしい。

「てかウチ、これから路上ライブするんで。付き合ってらんねーッスよ」

「大丈夫。そう言うと思って準備はしてある」

「……は？」

ニヤリと笑い、スチャッと両手に構えてみせたのは王の剣――真名はペンライト。

LOVE浅黄ちゃん、と刺繍《ししゅう》されたハチマキ（手作り）も完備。

熱中症対策にスポーツドリンク一式も忘れずに。

「ありとあらゆる物資は背中のリュックに収められている。戦闘《オタク》準備は万端だ」

「まさか……アタシのライブに来るつもりッスか⁉」

「当然だ。話ができるまで一日中つきまとわせてもらう」

「ストーカー！　ストーカーがここにいるッス！　ンなことしたら警察呼ぶッスよ！」

「ほう、警察に頼るのか」

「ぐっ」

俺の煽《あお》り言葉に橘はわかりやすくたじろいだ。

そうだよなぁ、そこは痛いところだよなぁ？

正しい社会に反発し、正道を否定して蛇の道を選んだ己《おのれ》にプライドを持った不良が――。

「都合のいいときだけ警察を頼るなんて、カッコ悪すぎるよなぁ？」

「くうううう……！」

悔しげに唇を震わせる橘。

……ガチのしょうもない不良なら、都合のいいときだけ被害者面して警察に頼ったりしそうだけど。

橘が極道じみた誇りを持つ硬派の不良で助かった。

「勝手にしろッス！」

「ふっ。言われなくてもそうさせてもらう」

勝った。

いやまあ、勝負はまだ始まったばかりだけど。

根気の勝負だ。

嫌われてるのはわかってるが、ここで橘を根負けさせて、彼女や彩羽が本当に望んでることさえ聞き出せれば、活路は開けるはず。何かナイスなアイデアが降ってくるはずなんだ。根拠はいっさいないけど！

「……って、おい橘。何やってるんだ？」

「チャリに乗ってるだけッスけど」

駐輪場で改造ハンドルの自転車の鍵《かぎ》を開ける手を止めて、橘が不思議そうに首をかしげる。

チャリ。

そうか、チャリかぁ……。

その単語を聞いただけで、俺のこめかみを汗が伝った。

急に夏の存在を思い出した。

「あ」

俺の微妙な反応の理由に橘も気づいたらしい。

そう、正解。

俺、徒歩で来ました。

橘がにやぁ……っと小馬鹿《こばか》にしたような笑みを浮かべた。

「ははーん。ふふーん。なーるほどッスねぇ～」

「……知ってるか？　自転車にも法定速度ってモノがあってだな？」

「バリキモ男を振り払うだけなら時速30㎞でじゅうぶんッスよ！　はい、しゅっぱーつ！」

「あ、こら待て、せめてフライングはやめろ！」

問答無用に、容赦なく。橘は最初から全力で自転車をこぎ出した。

後を追いかけて俺もダッシュ！　くそ、物資を詰め込んだリュックが重すぎる！　誰《だれ》だ無駄な荷物をこんなに持ってきたのは！

「はーっはっはっは！　このまま撒いてやるッスよ！　ざまぁみやがれ！　ばーかばーか！」

「うぜえええええ！　ナメるなよ！　たとえ相手が自転車でも、俺は諦めないからなー！」


自転車VS徒歩。

仁義なき競争の結果は――結論から言えば、俺の勝ちだった。

「ぜぇー、はぁー、ぜぇー……はー……もっ……もうだめ……だ……死ぬ……」

ただし、甚大な犠牲を伴って。

駅前のちょっとしたモニュメントの前。いかにも大道芸人や弾き語りが使いそうなスペース。

アスファルトの上で大の字で倒れながら息を荒らげる。

熱された地面で背中が熱いけど、そんなの気にしてる場合じゃない。マジやばい。死にそう。

足がガクガク、目がチカチカ。大量のスポーツドリンクがあってよかった。これがなかったらここに来る前に倒れてたかもしれん。

「はあ、はあ……自分の足で最後まで食らいついてくるとか、センパイ何者ッスか……」

自転車も車とはいえ結局は人力。橘は橘で俺ほどじゃないが疲れてるみたいだ。ハンドルにあごを乗せる呼吸を整えている。

「こちとら根性にステを全振りしてるんでな」

「うわ、めっちゃ時代遅れっぽい」

「不良に言われたくねえよ」

「うるせーッスよ。……ほら、演奏の準備するからそこどいて。邪魔ッスから」

「ぐはっ。もうちょい丁重に扱ってくれても」

「無駄にスタミナと根性があるタイプのフィジカルな変態なんだからこれくらい屁《へ》でもないっ

しょ」

自転車から降りた橘が足でぐいぐいと俺の体を道の端に押し込むように移動させていく。

おいこれ、手で運ぶには重すぎる荷物に対してやるやつ……。

と、抗議する体力もなく、俺はされるがままにどかされていく。

これもパフォーマンスの一環と思われたのか、通りすがりの人がクスクスと笑っているのが見えた。

……あれ？　不思議だな。

情けない姿を見られて笑われるのって、ふつうは恥ずかしく感じると思うんだけど。

ちょっとだけ、うれしい、と感じたような。

……あ、いや、Mに目覚めたとか、そういうことじゃなくてな？

なんていうか俺と橘のコントで笑ってもらえたような。そういう気分になったのだ。

自転車の橘を全力疾走で追いかけたのは自分。バテて倒れたのも自分。足蹴《あしげ》にされながらも、抵抗せずに転がされていたのも自分の責任みたいなもんだ。

しかもそれは俺なりに目的があって、前向きに行動した結果なわけで。望んでいない展開に追い込まれて理不尽に酷《ひど》い目に遭わされ嘲笑《あざわら》われているのと根本的に違うわけで。

もしかしたら、だから笑われても嫌な気持ちにならなかったのかもしれない。

人を笑わせる。

イコール、人を楽しませる。

あまり意識したことなかったけど、何か良いもんだな。こういうの。

道の端に追いやられた俺は地面にあぐらをかくと、リュックの中から物資各種を出した。

スポーツドリンクで熱っぽい体に水分を注入すると、『LOVE浅黄ちゃん』ハチマキを頭につけ、ペンライトを構える。もちろん二刀流だ。戦士なら当然だよなぁ？

全身全霊で盛り上げてウザがらせたいところだが、それやったらたぶん前回の二の舞だ。

短期間で二回も音井家の主治医にかかるわけにはいかないし。大人しくしてよう。

そういえばコイツの音楽をちゃんと聴くのは初めてかもしれない。

前回、商店街の公園で聴いたときは意識朦朧《もうろう》だったから、ちょっとしか聴けていなかった。

あのときは何かヘンテコな歌を歌ってた気がするけど。

どんな弾き語りをするんだろう？

やっぱ《浅草下町メタル》みたいな激しいやつだろうか？

と、期待半分、不安半分だったのだが——……。

弾き語りが始まった瞬間、俺は、へえ、と思わずつぶやいていた。

意外と王道だったのだ。

シンガーソングライターとしては普通というか、まっとうというか。

歌声は透明感のある感じで、曲も爽《さわ》やかな青春を感じさせるものだ。ドラマの主題歌にでもなったらそこそこエモそう。

橘のキャラと全然違うし、前にちらっとだけ聞こえたものともまったく路線が違う。

なんだこれ。休日の駅前だからって猫かぶってんのか？

「……いや、違う……のか……？」

方向性がどうとかじゃない。

いろいろなジャンルの、いろいろな歌を、歌っているのか。

最初は王道の爽やか青春ソング。だけどそこからバラードになったり、明るいＪ―ＰＯＰ、オルタナ系のロックやＫ―ＰＯＰがきて民俗音楽風のに変えたと思いきや流行《はや》りのボカロ曲のカバーへ。

とにかくありとあらゆるジャンルに浮気《うわき》しまくりの弾き語りだった。

でん！　でん！　ででん！　……と、耳に覚えのあるリズムに思わず「きた！」と身を乗り出してしまう。

「そう叫んでぇ～、男は～、道の途中～で～、出会ったぁ～♪」

きたー！　よくわかんない謎《なぞ》の曲！　意識がハッキリしてる今でもわからん！

何のジャンルだよこれ。民謡っぽさもあるけど、それにしては派手にギター鳴らしてるし。

まさか橘の開拓したオリジナル面白《おもしろ》音楽か？

……まあ、それはさておき。

路上ライブを最初からずーっと眺めていたら、気づいたことがある。

まず、橘の歌唱力は平均以上。

少なくとも他人に聴かせて恥ずかしくなるような素人感はなく、ふつうに気持ち良く聴ける。弾き語りしようなんて気になるぐらいだからそりゃ最低限は上手《うま》いだろうが、正直、予想より遥《はる》かに上だった。

次に、意外と聴いてくれる人が多いんだなってこと。

最初は一瞬だけ振り向く人もいるぐらいで、ほとんどの人が無視して通りすぎていて。まあこんなもんだよなぁと思っていたのだけれど。

途中で一人が立ち止まり、二人が立ち止まり……三人、四人と増えていって。

気づいたら十数人――そこそこの人数の客が熱心に聴いてくれるようになっていて。

人が増える度に橘の表情は輝きを増して。ギターの弦を弾く指もリズミカルになっていき。

太陽の下、光る汗さえ綺麗《きれい》に見えて。

――ああ、なんだろう。こいつって、ただのウザい女じゃなくて……こういう形で、魅力を発揮できるやつだったんだ。

自然と、そんなふうに思えてしまった。

音楽をやるために生まれてきた、なんて表現したら大げさかもしれないけど。

それくらい、いまの橘浅黄には瑞々《みずみず》しい生命力が宿っていたんだ。

「みんな、聴いてくれてありがとッス！」

ワアアアアアアアアア――――パチパチパチパチパチ…………！

最後の曲を弾《ひ》き終えた後、橘がぺこりと頭を下げると、割れんばかりの拍手が轟《とどろ》いた。

さすがにプロのアーティストが埋めるドーム球場の迫力とはほど遠いけれど。

たった一人の中学生が浴びる声援と拍手にしては上出来すぎるもので。

不覚にも。ふざけて『LOVE浅黄ちゃん』なんてハチマキを用意しちまった自分の意地悪さが恥ずかしくて自らの頬《ほお》をぶん殴りたくなってくるくらいには、俺自身、目の前の光景に、じん、としてしまっていた。

「良かった人は投げ銭よろッス！　アタシ貧乏なんで、活動資金めちゃ欲しいッス！」

「素直か！」『守銭奴《しゅせんど》ーっ！』『でもあげるーっ！」

ツッコミまじりの楽しそうな声と一緒に、聴衆から五百円玉が飛んでくる。近くまできて、貯金箱の中に千円をねじこんでくれる人もいる。

すげえ……。コイツ、本当にもらえてるんだ、投げ銭。

最近は配信とかの投げ銭で稼いでる人もいるって聞いたけど、生身の弾き語りでもこういう文化がまだ残ってたんだなぁ。

家庭の都合で将来の夢を諦めてほしくない――そんな音井の願いも、わかるような気がした。

遊び仲間への気持ちが強い音井とは本当の意味で同じ気持ちにはなれないが、それでも橘の音楽の才能は尊いし、家庭の事情でこの才能が潰《つぶ》れるとしたら、それはもったいなく感じる。

しばらくすると投げ銭や拍手がやみ、波が引くように聴衆が掃けていく。

「ん？」

ほとんど人がいなくなった後。一人だけ最後までキラキラした目で小さく拍手し続けている女子が残っていた。

それは、私服に身を包んだ山吹色の髪の――。

「オズの妹⁉」

「……え？　ああっ！　えっと……えーっと……お兄ちゃんの友達？」

名前すら覚えられていなかった。

オズの妹――小日向彩羽は、小走りに橘に近寄ると、俺のほうに視線をやりながら。

「あの人！　前に話した変な人、あの人！　なんで一緒にいるの⁉」

「あー。説明するとめんどくさいんスよねー。姐《あね》さん経由で知り合っただけなんスけどー」

橘も俺のほうをチラチラ見ながら困ったように頬を掻《か》く。

この様子だと俺のことは小日向彩羽に話していないらしい。陰で俺の悪口を言い合っててもおかしくないと思ってたが、意外とそういうやり取りはしてなかったのか。

ホッとするような。悪口として話題にする価値すらない虫けら扱いなのではと不安になってくるような。……いずれにしても最下層の扱いなのは間違いないが。

しかしまさかここに小日向彩羽が来るとは。考えてみたら当然か。彼女は橘の音楽が好きなわけで。路上ライブも、休日だったら聴きに来られるわけで。

今日は橘に話を聞く日だと思ってたけど、ちょうどいい。この際、小日向彩羽のほうにも話を聞いてしまおう。一石二鳥だ。

「橘。オズの妹」

「……ッ」

声をかけると、二人の顔に緊張が走るのが見えた。

俺は人類の存亡が懸かった大事な会議で発言する司令官の如《ごと》くシリアスな表情を作る。

「大事な話があるんだ。――どうか、真面目《まじめ》に聞いてほしい」

すると小日向彩羽は、勇気を振り絞るようにして、震えていたその小さな口を開けた。

「その不真面目な格好で？」

「すまん、装備を整えてから言うべきだった」

完全オタク武装だったことをすっかり忘れてた。キメ顔までしたのに、とことん締まらないやつだな、俺……。

＊

俺たちはサイ○リヤに移動した。中学生の財布にも優しい憩いの場である。

テーブルの上にはみんな大好き『ミラノっぽいドリア』が三人分とドリンクバー。

早めの夕飯、あるいは遅めの昼飯という感じだ。

ちなみに余裕の割り勘。

橘は奢《おご》るのも奢られるのも嫌がるタイプだし、俺も生活費を自由に使えるとはいえ散財はできないし、小日向彩羽は流れで割り勘ならじゃあ割り勘でってタイプだったしで、すんなりと決まった。

奢れ、奢られろ、みたいなめんどくさいやり取りがなくて正直ホッとしている。

中学に入ってからほぼ友達がいないに等しかった俺は、こうして同年代のやつとファミレスに来た経験なんて皆無だ。小学生の頃はそんなませたことするわけもないし。

そんな初ファミレスが、まさか女子……それも二人となんて。

俺の人生に変な確率変動が起きてるんじゃなかろうか。

とまあ、俺の感想はさておき。

ドリアやドリンクを口にし始めた後輩女子どもに、俺は今日の本題について切り出した。

「──で、どうやったらカタギに戻れるか教えてほしいんだが」

「はぁ……ホントしつこいッスね、センパイは」

あきれた息を吐きながらドリアをつつく橘。

そんな友達の横顔をちらりと見てから、小日向彩羽が俺のほうに視線を向けた。

「……大星《おおぼし》先輩は、橘さんを辞めさせようとしてるってことですよね？」

「ああ、そうだ」

「どうしてそんなことを？」

「どうしても何もカタギに戻れるならそれに越したことないだろ。音井や橘だって、いつかは中学を卒業するんだ。子どものヤンチャだと見過ごされるうちならまだしも、いつまでも不良をやり続けるなんて無理だろ」

「それはそうかもしれませんけど……。でも、あそこは橘さんの居場所なんですよ。中学の間だけでも、い続けることを否定するなんてヒドすぎます」

「無理に引き剝《は》がそうとはしてないだろ。だから、どうしたら《紅鯉無尊《クリムゾン》》をやめられるのか本人に訊《き》いてるんじゃないか」

「理屈はわかりますけど……デリカシーとか、人の心とか、そういうのはないんですか？」

「……ぐっ」

痛いところを突くなぁ。

これまでの人生で何度か言われてきたことだ。

より良い結果を目指すために頑張って考えたことを話したら、そんなふうに言われる――

特に小学生の頃、ドッヂボールやサッカーを苦手にしているクラスメイトにはパスを回さないよう提案したり、家族への文句を言っている子に対して、なら家出すればいいのにと言ったり、その度に言われてきた。

大星、おまえってひどいなぁ。人の心がないなぁ。……と。

だからつい不貞腐《ふてくさ》れた感情が湧《わ》いてしまう。

――しょうがないだろ、解決するにはそれが一番早くて、一番簡単なんだから。

小日向彩羽から目をそむけ、橘に訊く。

「誰かを殴ったり学校サボったり。やりたいのはそれじゃないだろ」

「……ま、たしかにそっちはついでッスけど」

「だろ？　音楽さえできれば、べつに不良じゃなくてもいいんじゃないか？」

「音楽活動には金が要るし」

「なら金が稼げるなら《紅鯉無尊《クリムゾン》》をやめられるってことか」

「ぐ……と、友達と遊ぶ場でもあるし」

「なら友達と遊べる環境があれば《紅鯉無尊《クリムゾン》》を？」

「ぐぐ……ああ言えばこう言うセンパイッスね！」

引き下がらない俺に対し、唇を噛《か》みながら文句を言う橘。

感情的には否定したくなくても、実際のところは正鵠《せいこく》を射てるってことなんだろう。

そりゃそうだよなぁ。根っからの喧嘩《けんか》好きならともかく、音楽のほうがより大事なら、不良にこだわるわけがない。

だって、ギターやる以上、指は商売道具。その大事な指が壊れるかもしれない喧嘩なんて、可能なら避けたいに決まってるんだ。

「小日向妹もそんな感じか？」

「……べつに。何でもいいじゃないですか、私のことは」

「良くねえよ。むしろ一番大事だっての」

オズの妹なんだから。

じゃなかったら、不良になろうとしてる後輩女子にここまでお節介なんて焼いてない。

「音楽をやりたいのか？　それとも友達が欲しいのか？」

「…………」

小日向彩羽は黙ってしまう。うつむいたままストローに口をつけ、アップルジュースをすすっている。

ちなみに後輩女子ふたりのグラスの中はどちらも仲良くアップルジュースだ。俺だけが異端のトマトジュースである。

「黙るなよ。質問にくらい答えてくれてもいいだろ」

「…………」

一瞬、目だけでちらっと橘のほうを見る小日向彩羽。

どう答えるべきか、橘の顔色をうかがっているような……気のせいか？

彼女のそんな態度に橘も気づいていているらしい。耳のピアスを指で撫《な》でながら、はぁ～と深いため息をついた。

「センパイ、鬼畜すぎッス。あんま彩羽をいじめないでくださいよ」

「人聞きが悪いな。俺はただ質問してるだけだぞ」

「だーかーらー、それが追い詰めてるんだってーの。――彩羽はべつに、音楽なんかやりたがってないッスよ」

「た、橘さん……？」

「アタシが気づいてないわけないっしょ。《紅鯉無尊《クリムゾン》》に入りたい理由はアタシに憧《あこが》れて音楽活動をしたいからって話だったけどさー。でも本当は、彩羽は音楽の虜《とりこ》ってわけじゃなかった。そんなのガチで音楽やってるアタシからは丸分かりだって」

「……ごめん」

「いいの、いいの。アタシの音楽のファンなのはガチっぽいし」

「う、うん。それは本当っ！　絶対に嘘《うそ》じゃないから！」

食い気味に身を乗り出して言う小日向彩羽。

しかし今の会話からして、小日向彩羽は橘にすべてをさらけ出していたわけでもなさそうだな。

互いにすれ違う部分、伏せている部分はあったわけか。

ああ……だから小日向彩羽の《紅鯉無尊《クリムゾン》》入りがまだ確定していなかったのか。

橘が本当に強く推していたら、音井は受け入れたと思う。まだメンバー入りしていないのは、仲介を頼まれた橘自身、小日向彩羽がまだ腹を割り切っていないと判断したからだったんだ。

でも、だとしたら――……。

「じゃあどうして不良グループに？　まさか喧嘩に憧れてたってわけじゃないよな？」

「えと……それは……」

彼女はすこし頬を赤くして。

小さな声で、言った。

「橘さんに憧れてたから、です」

「な、なん……だと……」

俺は愕然《がくぜん》とした。

ミラノっぽいドリアを掬《すく》ったスプーンが俺の手からぽろりと落ちて、カツンと音が鳴る。

「おまえら百合《ゆり》だったのか？」

「憧れってだけでそう結びつけるのは最低すぎません？」

……すみません。口を挟まずに黙って聞きます。

オズの妹、言葉の攻撃力高すぎないか？

「私が憧れてたのは、音楽そのものというより……橘さんの、自由な生き様っていうか」

「フフ。アタシってば罪な女ッスね〜」

ドヤ顔の橘。だがそんな彼女の反応さえ羨《うらや》ましいとでもいうように、小日向彩羽はあきれるどころかますます羨望を強めた視線を彼女に向けていた。

「好きなことを好きなときに好きなだけやって、自分自身に自信満々で胸を張れる。そういうの、同じ女の子として、素直に羨ましいなって」

「不良にならなくてもできるだろ。特にあんたの場合は――」

家庭が裕福なんだから、と言いかけた言葉を呑《の》み込《こ》む。

橘の前でそれを言うのは憚《はばか》られたし、小日向彩羽の事情もわからないうちに決めつけるのも違うような気がしたからだ。

結果的に、俺のそのとっさの判断は大正解だった。

――あるいは、ここで言葉を止められたかどうかで、今後の俺と彩羽の運命も分岐していたかもしれない。

「もうめんどくさいから教えちゃっていいッスよね？」

「うん……」

橘が訊き、小日向彩羽がうなずいた。そして橘は、俺の目をまっすぐに見て。

「娯楽も自由も許されてないいんスよ。彩羽は」

またそれか、と思う。

音井も同じようなことを言っていたが、あいつはそれ以上の詳しいことは聞かされていない様子だった。

橘と小日向彩羽本人からならもっと突っ込んだ話が聞けるかもしれない。

「それ、どういう意味だ？」

初耳のフリで訊き返す。

……さすがに音井から話を聞いてるとは言えないからな。

「どういうもこういうもそのまんまッス。テレビも本も漫画もゲームも音楽も。母親が認めてくれないらしくて、なーんにも触れられないんス。信じられねーッスよね、いまどき。いつの時代の教育ママだっての」

「触れられないと言っても限界があるだろ。たしかにあの家にはテレビがなかったけど……。スマホは持ってるわけで。漫画にゲームに音楽に動画に、いくらでも娯楽にアクセスできるんだし」

「それな。アタシも同じツッコミを入れたんスけどね～」

「だって……」

からかうような目を向けられて、小日向彩羽は面を伏せた。ちゅー、とストローを吸う息を調整して、ジュースの中身を吸ったり戻したりしている。……意外とお行儀の悪いことするな、オズの妹。

「いくら親でも子どもを完全に束縛するとか無理っしょ。でも彩羽ってば、自分からルールに従ってるんスよ。まったくイイ子ちゃんなんだから」

けらけらと笑う橘。

一方で、小日向彩羽のほうは微妙な表情のままだ。

どうやら小日向家の家庭環境は思ったよりも複雑そうだ。ただ娯楽を禁じるわからずやの親と反抗期の娘という関係ならわかりやすかったのに。

自分からは積極的に言いつけを破りたくない……か。

……ん？　いや、待てよ。

彼女の台詞《せりふ》を頭の中で整理していたらふと違和感を覚えた。

「ならどうして不良になりたいんだ？　そんなことになったら、母親を裏切る結果になるのは同じだろ？」

「それは……そうなんですけど……」

歯切れが悪い。

橘も、何かわかっていそうな目をしているものの、それについて細かい説明はしてくれない。

しかし疑問はすこしずつ解かれつつあるのも確かだ。

小日向家で娯楽を禁じられてるわりには、オズは自由に自分の好きな研究に没頭していた。

考えられるのは親が妹の彩羽のみを束縛しているか、あるいは本人が親の意向をガン無視すればいいだけなのを彩羽だけが本気で遵守している可能性。

もしかしたら後者なのではなかろうか？　だからオズだけは自由な時間を過ごしている？

…………。親の意向、か……。

自分の胸に手を当てて、自分ごととして考えてみる。

言われてみれば俺も親の言いつけに逆らったことはほとんどなかった。中学に上がったのにまだ過保護な雰囲気が抜けない両親に反発してみせたこともあるが、基本的には家族と過ごす時間は好きだったし、夢を追いかけたいと相談されたときも前向きに背中を押した。

もしもオズと会っていなければ、親の意向のままに俺も海外へ行っていただろう。

俺が強引《ごういん》にでも日本に残る気になったのは、家庭の外側に理由があって。

「もしかして、きっかけが欲しいのか？」

それはわりと綺麗な表現。

どギツく言えば、外から強引に引っ張られて、自分に言い訳できる環境を欲してる。

まあ、それを指摘するのは野暮《やぼ》だし、可哀想《かわいそう》な気もするけど。

「…………ッ」

小日向彩羽は無言のまま。だけどわずかに瞬《まばた》きの仕方が変わった。ほんの一瞬の出来事だが、すこしでもヒントを手に入れようと意識を研ぎ澄ませていた俺は見逃さなかった。

細かい説明はしてくれない。俺の予想が正解か不正解かもハッキリ言ってない。

でも、大枠は当たってる。そんな雰囲気を、察した。

もしこれが俺の思い違いだったらとんだピエロだけど……オズの妹が心を開く気がゼロなら、どこかで博打《ばくち》を打たなきゃ現状は何も変わらない。変えられない。

「よし、わかった！」

「……え？」

ポカンとする小日向彩羽の前で、俺は勢いよくトマトジュースを飲み切りリコピン摂取。

脳をフル回転させて導き出した結論を突きつける。

「おまえら二人と《紅鯉無尊《クリムゾン》》が抱える問題、全部まとめて解決する！　不良集団を何か他の形に変えて、金や環境にかかわらず自由で楽しい時間を作れるようなグッドアイデアを、俺が考えてみせる！」

「はあ⁉　何言ってんスか。頼んでないッスよ⁉」

「頼まれてないからな！」

「お節介ってレベルじゃないっしょ！　大きなお世話ッス！　そんなんされてもアタシら困るんスけど！」

「おまえらの都合など知らん。俺とオズのためにやるだけだ！」

「だいたい全部まとめて解決って、いったい何をする気ッスか」

「まだ思いついてない！」

「ノープラン⁉　センパイ、ふざけてんスか⁉」

「至って真面目だ。計画は白紙だが、これから白紙を埋める決意をした。これは同じ白紙でも大きな差がある」

　やったか、やってないか、の軸だけじゃない。

　その一個前にはやろうとしたか、やろうとしなかったか、って二択がある。やろうとすれば、初めて見えてくることだってあるはずだ。

「こうしちゃいられん。――先、帰る」

「ええ⁉」

　ドンっ、と、テーブルの上にミラノっぽいドリアとドリンクバーのお金を自分のぶんだけ置いて立ち上がる。

　思いきりのいい割り勘は男の子の特権。いや、そんなことわざはないけど。

とにかく最低限の義務を果たして席を立つと、茫然《ぼうぜん》とこっちを見てくる二人の後輩女子を置き去りに、俺は慌ただしく店を出て行った。

——《紅鯉無尊《クリムゾン》》に変わる何か。不良集団とは違う何かを作るにはどうすればいいか？

脳内でリコピンが激しく暴《あば》れ回る。リコピンにそんな成分があるかは知らんけど。

マンションに帰る途中、スマホで検索しまくった。

『音楽』『稼ぐ方法』『楽しい集団作業』『プログラミング』——これらは俺が調べた単語たちだ。オズ、オズの妹、橘、そして《紅鯉無尊《クリムゾン》》そのもの。すべてを一本の線で結ぶ何かがないか、手がかりを探すために。

と思ったんだけど、出てくる検索結果はどれもピンとこないものばかりだ。

稼ぐ方法、という単語に反応してかＩＴ企業の求人募集や人材マッチング系のサイトが引っ掛かる。

「ギグワーク……クラウドソーシング……スキルシェアリング……ってなんだ……？」

検索で出てきたサイトの中に、見慣れない単語を見つけた。

説明を読んでみる。

まずはギグワーク。雇用契約を結ばない、単発の働き方のことらしい。ユーバーイーツみたいなやつかな。

次にクラウドソーシング。ＷＥＢを通じて不特定多数に業務を発注するサービス。

最後にスキルシェアリング。個人のスキルをお金に変えていくサービス。

「……って、ああもうめんどくさいな！　似たようなもんだろこれ⁉　違う単語にすんな！」

頭が煮えかけて思わずツッコミを入れる。

全部まとめてインターネット日雇い労働でいいじゃん……と、思わざるを得ない。厳密にはそれぞれ定義が違うんだろうけど。

……てか、仕事の募集ってこんなにたくさんあるんだな。

音楽なんてごく一部の一流アーティスト以外は食っていけないもんだと思ってた。

世の中にはこんなにも多くの募集が溢《あふ》れてるんだなぁ。

「あれ？」

ふと募集内容に似通ったものが多いことに気づいた。

「ゲ、ゲ、ゲーム……か……」

音楽、プログラミング、どちらも必要とされる集団作業。確かにその条件にあてはまる。

募集をひとつひとつ確認してみる。

スマホゲームや同人ゲームの制作スタッフを募集するものが多かった。

天地堂《てんちどう》のような有名企業しか知らなかったけど、世の中にはこんなにも知らないゲーム会社や制作チームがあったのか。

中には会社じゃなくてインディーズの制作集団みたいなのもあり、HPを見てみると意外に面白《おもしろ》そうなものを作っているところも多かった。親戚の伯父さんがエンタメ企業の経営をしているため、ゲームは大企業の仕掛ける大規模プロジェクトで作るもんだって先入観があったけど、なるほど、こういうのもあるのか。

そういえばオズのやつ、ゲームで遊ぶのは楽しそうだったな。エンジニアの性《さが》なのか、表に見えない設計部分を紐解《ひもと》くような視線でゲームを見ていた。

完成したゲームから逆算して分解するのを楽しめるなら、自分で一から組み上げることにも興味があるんじゃないか？

とはいえ、募集を見ると中学生に仕事を振ってくれるようなものは皆無だった。

それは高校生に条件をゆるめても同じだ。

誰かに雇われてゲームを作ろうと思ったら、最低でもあと五年はかかるわけで。

「それじゃ間に合わない。待っていられない」

調べものをしながら歩いていくうちに自分の中でどんどんと思考が固まっていく。

マンションに着いた。

5階までエレベーターで上がった後、足は自然と503号室へ向いていた。

「いま大丈夫か？」

「アキ。どうしたのさ、事前連絡なしなんて珍しいね」

「突然ですまん。なあオズ、俺たちさ──」

そしてインターホンを押して出てきたオズに、俺はリコピン全開で考えた結論をぶつける。

俺たちの未来を決定づけるひと言を。


「ゲーム、作ろうぜ」

＊

『女の子ふたりをまとめて俺の翼に……ヒロインをひとりに絞れないハーレム主人公……』

『いまのエピソードでその感想はおかしいだろ⁉　恋愛要素ゼロだったろ⁉』

『青春ものと恋愛ものは強化系と放出系ぐらい近いし、両立しやすい要素……』

『勝手に人気漫画から設定を拝借すんな。言いたいことはわかるが』

『ホラーとエロティック、ＳＦとファンタジー、ヒューマンドラマとコメディ、アクションとアドベンチャーぐらい隣接してる』

『わかるけども！』

『でもまさか《5階同盟》の成り立ちがこんなキラキラした青春物語だったなんて……この先は、真白《ましろ》──ていうか巻貝《まきがい》なまことと合流するまで、順風満帆に？』

『ところがどっこい』
『まだあるの……⁉』
『ああ。というかむしろ、大きな問題が発覚したのはここからなんだ』

005

Tomodachi no imouto ga ore nidake uza

第５話 友達の妹と友達を架ける

「おおおお！　動く……動くぞ……！」

「そりゃあ正しくプログラミングしてるからね」

夏休みに入ったばかりの七月末。

クーラーが全開に効《き》いて涼しいオズの部屋。

ＰＣ画面の中で落書きみたいな動物がちょこちょこと横に動いていく。

天地堂《てんちどう》の元祖スーパーマルコを参考にして再現した、いわゆる横スクロールアクションだ。

クオリティは……お察しの、三十年前レベル以下。

豪華なＣＧが標準装備の現代じゃ通用しないのは俺《おれ》もわかってる。

けど。

「自分で作るって、いいなぁ……」

素直に感慨にふけってしまう。

まずは俺とオズの二人だけで試しに一本適当なゲームを作ってみようってことで、試作品的な意味で作ったゲームなんだが、それでも妙な愛《いと》おしさを感じる。

思えば長かった。日数にしたら大した日数じゃないけど、凄《すさ》まじい集中状態だったおかげか時間がゆっくり進んでいたような気がする。

オズがプログラミングできるから余裕だろ、と思ってたんだが、意外とそうはいかず。むしろそれ以外の領域は全部俺がやらなきゃいけなかった。

キャラクターの設定は自分で考え、イラストは適当に自分で描き下ろした。音楽や効果音も自作すべきか迷ったが、まともな曲を作れる気がしなかったのでさすがにやめておいた。

調べたら著作権フリーのＢＧＭや効果音が公開されていると知り、それをありがたく使わせてもらうことに。世の中には便利なサービスを無償で提供してくれる人がいるんだなぁと感激した。ありがたや、ありがたや。

虚空に拝んでいると、不意に、あはは、と笑い声が聞こえた。

コントローラーを握っていたオズが操作の手を止めて、笑顔でこっちを振り向いている。

「何だかうれしいなぁ」

「何が？」

「アキともモノを作る喜びを分かち合えるんだなって」

「何だよ、経験者面して。おまえもゲーム制作は初めてだろ」

「ゲームはね。でも僕がこれまで発明品を作ったり、実験したりしてたのも、つまりはモノを作ってたわけだからさ」

「まあ、そう言われたら同じ……なのか……？」

発明品とゲームが同じと言われてもいまいちピンとこない。

だが、言いたいことはわからないでもなかった。

俺はこれまでオズのやってることに興味を示し、活動を応援しようとしていたものの、自ら何かを作ろうとはしてこなかった。ぶっちゃけ才能あるオズの邪魔になるだけだと思っていたし、自分の貧相な発想では面白《おもしろ》い研究なんかできるはずないと諦《あきら》めていたから。

横でオズが完成させていくものを見ているほうが気楽だったんだ。

「これまではプロキシサーバーを嚙《か》ませてのアクセスだったのが、いまようやく同じサーバーに収まった感じがするよ」

「そのたとえは意味不明なんだが……えーっと、つまり、これまではすこし壁を感じてたけど、本当の意味で友達になれた気がする、みたいな？」

「たぶんそれ。比喩表現はよくわからないけど」

「普通はこっちの方が伝わりやすいけどな……」

相変わらずオズのコミュニケーションは独特だった。

「自分の手でこの世に『価値』が生み出される。この感覚、ゾクゾクこない？　理屈は不明。でも、確かな昂揚《こうよう》がある。こういうのを本能っていうのかな」

「どうなんだろうな……」

胸に手を当てて考える。確かに心臓は高鳴っている。自分の遺伝子に刻まれた野生の叫びなんだろうか。

——原始人の姿で狩猟の成果を喜ぶ自分を想像するとシュールすぎて笑えてくるな。

ただ、まだなんだよなぁ。

心の中の原始人はまだ満足していない。まだまだ飢えている。ウッホウッホと猛烈にそれをアピールしてくる。

「まだだ。まだ俺たちのゲーム制作は終わってない」

「アキ?」

「だってそうだろ。ゲームは作ったら終わりってわけじゃない。遊んでもらって、初めて本当の価値が生まれるんだから」

「それはそうだね。……じゃあ、いまから二人で遊ぶかい?」

「それはそれで魅力的な提案だけど、違う。というか俺らはテストプレイでさんざん遊んだだろ」

「まあ確かに。効率的な攻略法どころかバグを利用した裏技まで全部網羅してるし、さすがに楽しめないよねぇ」

苦笑して、オズは首をかしげた。

「でも、それなら誰《だれ》に遊ばせるの?」

「遊ばせたいやつがいる」

即答した。

オズにはこれまで黙っていたが、このゲームは最初から遊ばせたい相手がいたんだ。

あくまでもこの処女作は試作品。

俺が思い描いている地図の、ほんの下書きでしかなくて。

誰？ と不思議そうに瞬《まばた》きするオズへと、俺はニヤリと笑いながら答えた。

「小日向彩羽《こひなたいろは》──おまえの妹と、その友達だよ」

＊

「はぁ。なんで大星《おおぼし》先輩がここにいるんですか？」

翌日。

小日向家の彩羽の自室の前。ドアを開けるなり俺の顔を見た山吹色の髪の女子が冷た～い目を向けてきた。

「今日は橘《たちばな》と家で遊ぶ約束があると聞いてな」

「誰にですか？」

「信頼できる情報筋から」

「カッコつけた言い回しでストーカーっぽいこと言うのやめてください。気持ち悪いです」

「失敬な。後ろめたいことなんて何もしてないぞ」

俺のカノジョ（偽）が橘の動向を全部知れる立場の女なんでね。

俺の考えを全部話したら、音井《おとい》は快く協力してくれた。

「というか大星先輩がここにいる理由の答えになってないですよね？　橘さんがそろそろ来るのであなたは帰ってください」

「いや、それには及ばん」

「は？」

「橘ももう来てるし」

「……ワリ、彩羽。センパイ、連れてきちった」

「橘さん⁉」

俺の後ろから気まずそうに顔を出した橘を見て、小日向彩羽は目を丸くした。

橘の肩をポンとたたき、俺は悪い笑みを浮かべる。

「こうして橘から正式にお呼ばれしてここにいるんだ。ストーカーでも何でもないいんだろ？」

「くっ……姐御《あねご》の命令だから無下にできないッス……上下関係を利用して言いなりにするとか、最低のパワハラ野郎めぇ……」

「強要はしてないぞ。音井の意向に逆らいたければ自由だ。まっ、不良として中途半端《ちゅうとはんぱ》な自分を許せるって言うなら好きにしろよ」

「ぐぬぬぬぬ……」

わからされたやつ特有の悔しげな表情を見せる橘と、寝取り男ばりにゲス顔の俺。

犯罪臭が濃厚に漂う構図だが、後ろ暗いことは皆無。安心安全の全年齢対象シーンだ。

「というわけで、よろしく」

「よろしくじゃありません。今日は橘さんがしたいことがあるって言うから家に呼んだんです。予定があるので、大星先輩は自重してください」

「いや、それなんスけどね。いや、ホントごめんっていうか……」

「橘さん……？」

顔面蒼白《そうはく》で汗だらだらの橘。

おいおい、いつも軽《かろ》やかに回る口はどこに行ったんだ？　と普段のお返しに意地悪なことを思いつつ、俺が代わりに答えた。

「橘の用事ってのが、そもそもコレなんだよ」

「……は？」

「おまえら二人にやってほしいことがある。そのために約束を取りつけてもらったんだ」

「ごめん!!　この男の策に搦《から》め捕られたッス!!」

「べ、べつに謝らなくてもいいけど……。でも、どうしたの？　いくら総長さんの命令でも、この人の言いなりになる橘さんじゃないような……」

「それは……やむにやまれぬ事情が……」

「言うこと聞いてくれたら音井から褒賞がもらえるもんなぁ？　ずーっと行きたかった、推しシンガーのライブチケット」

「橘さん⁉」

「ごめんてえええええええ‼　アタシが音楽に目覚めたきっかけをくれた人なんスよおお！　ガチ推しの生ライブ、一度は行きたかったからあああああ！」

「う、うーん……そういうことなら、いいけど……」

いいのか……。

泣きつかれただけで簡単に許しちまうとは。いくらなんでもチョロすぎないか？

胸の中で泣く（フリをしてる）橘の頭をよしよしと撫《な》でて、小日向彩羽は――。

「で？　私たちにどんなやらしいことをするつもりですか？」

じろりと睨《にら》みつけてきた。

「やらしいことなんて何もしねえよ」

信用なさすぎだろ、俺。……信用される理由がないから当然だけど。

ま、信用はここから獲得していけばいい。

ため息とともに気を取り直して、俺は親指をくいっと廊下の先へ向けた。

向けた指の指し示す先にあったのは、同じ小日向家の一角——それでいて、小日向彩羽が、まるで関与してこなかったであろう場所。

「お兄ちゃんの部屋……？」

「そう。オズの部屋で、二人にはゲームをやってもらいたいんだ」


二人の女子を連れて部屋に入ると、扉の開閉する音に気づいて、机の上でモニタとPCの準備を進めていたオズが振り返った。

「来たね。こっちも用意が終わったところだよ」

「サンキュ、オズ。——さあ、座ってくれ。二人とも」

「は、はあ……」

困惑する友達の妹の背中を軽く押して丸椅子《いす》にご案内。

ちなみにこの丸椅子は最近ホームセンターで買ってきた。しかも自腹だ。親に支給されてる生活費から捻出した。

しばらく食事は節制を求められるが……背に腹は代えられん。

先に丸椅子に座った橘が、博物館に連れてこられた子どもみたいに、キョロキョロと室内を見回している。

「すっげ。この部屋。彩羽の兄ちゃん、カガクシャ?」

「……オ、オタクなだけだよ」

「オタクってレベルじゃないっしょ! おほぉ〜ワクワクするぅ〜!」

目に星印を煌《きら》めかせて興奮する橘。

実の兄に対して思うところがあるのか、あるいは身内への謙遜か。小日向彩羽はどことなく居心地が悪そうな様子だ。オズとは目を合わそうとしていない。

やっぱりこの兄妹の問題は根が深そうだ。

……ま、それもまとめて解決するために今日という日を仕掛けたんだけどな。

友達の妹と友達の間に橋を架ける——それこそが俺にとってのメインテーマ。

橘浅黄《あさぎ》や《紅鯉無尊《クリムゾン》》の連中には悪いが、そいつらはあくまでもついでにどうにかするだけだ。

そっちに責任を持つのは音井。たまたままとめて解決する可能性を見つけたから手を組んでるだけで。

俺にとって《紅鯉無尊《クリムゾン》》の連中はどうでもいいし、音井にとって小日向兄妹なんて赤の他人。

でも、利用し合えるから俺たちは、互いの手を握り合ったんだ。

と言いつつ、橘の無邪気すぎる反応はちょっと微笑《ほほえ》ましくて、つい親戚の子に対するような柔らかな態度で話しかけてしまう。

「橘はこういうの好きなんだな」

「メカとかマシンとか硬そうなやつ超憧《あこが》れる！　かっけーッス！」

「ほほう。さては金さえあればすぐにでもバイクを買って乗り回したいタイプの不良だな？」

「あたぼーッスよ！　くぅ、早く免許取りてぇ！」

「あ、そこは免許取るんだ」

えらい。いや、あたりまえだけど。

「無免で運転して事故ったら死ぬし死なせちゃうしイイトコなしッスから……」

「その感覚は是非とも一生持ち続けてくれ」

「小日向センパイ、あのＵＦＯみたいなの何スか？　ラジコン？　プロペラついてる」

「ああ、あれはただのドローンだよ。荷物の運搬と鍵《かぎ》の開閉がどっちもできるように、アームとプログラムを工夫してる」

「……！」

オズの説明に、俺は一瞬、ピクリと反応する。

身構えてしまったのだ。

これまでの経験上、オズの発明は人から誤解されやすい。学校でやっていた実験も、クラスの嫌なやつらが悪《あ》しざまに噂《うわさ》を流布したせいもあるかもしれないが、オズが何か恐ろしい実験をしていたかのように伝わっていた。

いま話題に出たドローンも、聞く人がネガティブな受け取り方をしたら誤解されかねない。

荷物の運搬と鍵の開閉を同時にこなす機械――それはつまり、盗難的な犯罪に使えてしまう危険なものなのではないか、と。

オズ自身にそんな意図はない。そのドローンについて以前に教えてもらったことがあるが、オズはただ、玄関前に置いてもらった宅配物を自室まで送り届けてくれるドローンがあったら便利だよねと思ってるだけなんだ。

ダイナマイトを発明した天才が、けっして殺戮《さつりく》兵器の誕生を望んではいなかったように。

本人の意図と外れた悪用法を想像されて、ドン引きされてしまう。……そういう悲しい姿を見るのが嫌で、俺はつい背筋を伸ばしてしまったのだが。

「すげーッ！　小日向センパイ天才⁉」

橘は邪念ゼロの濁りなき目でそう言った。

正直、意外な反応だった。

後輩女子。それも不良グループに所属してるようなチャラい系の女子。

オズのやってることに興味を持つタイプからはかけ離れた存在だと思っていたのに。

……偏見だけどさ。

「他にはどんなものを作ったんスか⁉」

「いろいろあるよ。でも、まずは僕がプログラムを担当したゲームを遊んでくれる？」

前のめりな橘へとオズはそう言って微笑んだ。

「小日向センパイが作ったんスか⁉　ふあ～、やるやるやりまッス‼」

「ありがとう。はいこれ」

「あざッス！」

オズからコントローラーを渡された橘のテンションがやたらと高い。頬《ほお》も興奮したみたいに真《ま》っ赤《か》だ。

ほほう……これはまた、予想外に予想外を重ねた反応だな。

橘曰《いわ》く、人を好きになったらウザ絡みはしない。もっと素直に好意を表明するはずだという。つまりいまの彼女の表情から察するに、オズをそれなりに好ましく思ってくれてるってこと……なんだろうか？

初対面でいきなりひと目惚《ぼ》れ！　天使の矢に胸を撃たれてフォーリン☆ラブ！　なんて展開はさすがにないだろうけど。このまま丁寧に関係を積み重ねていけば、可能性はあるんじゃなかろうか。

橘が隣に座る彩羽にこそっと耳打ちする。

「……彩羽のお兄さん、かなりイケてるじゃん」

「えっ？」

「お兄さんがモテると大変っしょ。友達から会わせろってうるさく言われそうでさ」

「いや、そんなことないよ。というか、初めて言われた……」

「えー。マジ？　他の女、見る目ねーッスわー」

……おいおい、全部聞こえてんぞ。ガールズトークは女子しかいないところでやってくれよ。

肝心のオズはひそひそ話に興味ないせいか、全然聞こえてなさそうだからいいけどさ。

まあ、橘の感想は俺も同意だ。

髪型や服装が野暮《やぼ》ったいから目立たないけど、ごく自然なオズの微笑からは、顔立ちの素材の良さがうかがい知れた。

そりゃそうだ。妹の彩羽が思わず振り向いてしまうほどの美少女なのだ、同じ血を分けてるオズの素材が悪いわけがない。

しかしまあ、『実は素材のいい外見に無頓着な地味男子』と『そんな男子の魅力に気づいてくれる希少な不良系後輩シンガー女子』って組み合わせ……か。

美少女ゲームかラノベ、漫画のラブコメにありそうな構図だなこれ。もしかしたらオズには主人公適性みたいなものがあるのかもしれん。だとしたら横でアシストする系男子の俺は……さしずめ友人ポジってところか？

実際、誰かの補佐として役立つようなポジションは好きだから適性はあるかもな。

いや、好き、というのはちょっと違うか。

どちらかといえば、スポットライトを浴びるのがあんまり得意じゃないんだ。大したことのない自分に光を当てられると思わず隠れたくなってしまう。

なんて考えてるうちにオズがゲームを起動したらしい。軽快なＢＧＭが流れてきた。

「お、始まったッスね！」

「う、うん」

ワクワクしたような顔の橘と、緊張したような硬い表情の小日向彩羽。

二人ともコントローラーを握る手がちょっとおぼつかない。

どうやら予想通り二人ともこれまでの人生でほとんどゲームで遊んだことがないらしい。

動物が楽しげに動いているメニュー画面が出た瞬間、ぶはっと噴き出すような笑いが起きた。

「ちょ、なんスかこのキャラ、ぶっさ！」

「ぬあっ⁉　てめ、笑いやがったな？」

「なんでセンパイが怒るんスか？」

「ぐ……いや、それは……」

「あ～、さてはセンパイが描いたんスね？」

「そ、そうだよ。悪いかよ」

「ふ～ん。ずいぶんお可愛《かわい》い絵を描くんスね～。うぷぷぷ」

橘はニヤニヤと笑っておちょくってくる。

素人の絵を容赦なくイジりやがって……仕方ないだろ、初めて描いたんだから。下手な自覚くらいあるっての。

「ねっ。彩羽もそう思うッスよね！」

「……え？」

話を振られた小日向彩羽が気の抜けた声を漏《も》らした。即答で同意するかと思いきや、彼女はちらちらと画面の中の芸術的な（ギリギリ嘘《うそ》にならない精一杯のポジティブ評価）動物を気にしている。

あれ……もしかして案外、オズの妹にはツボだったとか？

一瞬、そう期待した俺だったが――。

「う、うん。このネコ、不細工で、あんまり可愛くない、よね」

結局は橘と同じく、厳しい評価を下してきた。

くそう。反論できないけど悔しい。

「ほら彩羽も言ってるッスよ。もうちょい練習してくださいよ、セーンパイ！」

「覚えてろよ、ウザ女め……」

死ぬほど勉強して画力を上げて、いつかぎゃふんと言わせてやる。

と、そんなこんなで。

自作ゲームのテストプレイ会は最低の滑り出しで始まった。――少なくとも、俺にとっては。

二時間後。

「こっちは任せて早く行けッス！　GO！　GO！　GO！」

「う、うん！　そこっ！」

「ナイス彩羽！　このまま障害物を避けて突っ切れば……！」

「気をつけて橘さん。そこ、天井《てんじょう》から罠《わな》が落ちてくるところ！」

「把握済みぃ！」

グラフィックが三十年前のくせに生意気にも協力プレイが実装されてるそれを、女子中学生二人が声を掛け合って攻略している。

姿勢は三十分前から徐々に角度がつき始め、いつの間にやら画面に食い入るような前のめり。罠を仕掛けた側であるはずの俺まで、頑張れ、もうすこしだと、心の中で応援し始めていて。

そして。

「行け！　そこでジャンプ！」

「えいっ！　……あっ……！」

最後のボス（美術2、努力の結果美術3くらいには成長した画力で描かれた自称ドラゴン）を踏み越えていき、その先でキラキラと輝く旗をプレイアブルキャラのうさぎが手にした瞬間。

「「ゴーーーーーーーーーール！」」

達成感に満ちた二人の歓声と、ゲームのファンファーレが、ほぼ同時に鳴り響いた。

橘と小日向彩羽はパシィ！と頭の上で高らかに手を打ちつけ合い、興奮で頬を赤く染めて互いのプレイの良かったところを語り合っている。

俺もぐっとくるものがあって、思わず拍手した。

ちらと振り向いてみたら、オズも珍しく柔らかい表情で拍手している。

「やっべ、何スかこれ。くそおもろっ！　時間溶けるんスけど！」

「あはは。私も。こんなに熱中したの久しぶりかも」

「不細工なキャラも途中からぜんぜん気にならなくなってたかも。なんつーか、これはこれでクセになるっていうか。ブサカワ系のゆるキャラっていうか」

「た、橘さんも？　実は私も、けっこう可愛いなって、思ってたんだ」

「可愛くはねーッス！」

「ええ⁉」

さんざん馬鹿《ばか》にしてくれた俺の絵まで、手のひら返しで絶賛してくる二人。

坊主《ぼうず》憎けりゃ袈裟《けさ》まで憎い、ってことわざの正反対。気に入ったら隅から隅まで全肯定しやがる。

もっとも、橘には可愛さまでは認められなかったみたいだけど。

「でも不思議ッスね。たしかにウチ、やったことあるのは無料で遊べるスマホゲームぐらいで、あんま経験ないッスけど。ゲーム実況とかで映像は見たことあるんで、いまのゲームがどんなのかはわかってるんスよ」

「クオリティ的には、いまの時代じゃまず通用しないだろうな。さすがにその自覚はあるよ」

「なのに、ぜんぜん面白かったんスよね。絵はへちょいってレベルじゃないし、音楽もチープ、ゲーム性はたしかにおもろいッスけど、それだけでこんなに満足するとかありえねーッスよね。なんでこんなハマれたんだろ……」

「それだよ」

「へ？」

「『ゲーム性はたしかにおもろい』――おまえがいま言ったそれが、答えなんだ」

「？？？」

意味がわからないのか、橘は目をぱちくりさせている。

無理もない。俺だって、最初は半信半疑だった。

ゲームを作ろうと決めた後、参考になりそうなサイトを検索したり、ゲームの作り方を動画で解説している人のチャンネルを登録したり、俺はいろいろと手を尽くした。

その中で俺は『ゲーム』っていうものの本質を、すこしずつ……本当にすこしずつ、学んでいくことができたんだ。

一方的に心の師匠と仰《あお》ぐ、数多《あまた》の先人たちはこう口を揃《そろ》える。

「――ゲームの本質とは、『ごっこ遊び』である」

「ごっこ遊び……？　どういう意味ッスか？」

俺が受け売りの名言を口にすると、橘はすぐさま訊《き》き返した。

辞書を読み上げるように、俺は頭の中にたたきこんだ教えを暗唱する。

「じゃんけん、鬼ごっこ、かくれんぼ、ドッジボール。小学生の頃、よくこういう遊びをしただろ？」

「飽きるほどしたッスね」

「ホントに飽きたか？　いまやったら面白くない？」

「や、どーだろ……自然と卒業しちったッスけど……。いまやっても、なんだかんだ盛り上がる気がするッス」

「だろ？　どうしてかわかるか？」

「……さあ？」

「トッ、トップレベルに完成度の高いゲームだからだよ」

「ゲーム？」

まったくもってピンときてない顔だ。

「ルールがあって、勝利条件が設定されてて、プレイヤーは自分の勝利を目指す。ゲームも、遊びも、同じだろ？」

「たしかに……」

子どものごっこ遊びは優れたシナリオも、豪華なグラフィックも、壮大な音楽もない。

だけど世界中にプレイヤーがいて、何世代にも渡《わた》って楽しまれてる。

現代のあらゆるゲームの頂点に君臨する、最強のエンタメと言っても過言じゃない。

「本当に面白いゲームは何も飾らなくても面白い。だから二人とも、このゲームにしっかりとハマれたんだよ」

実際、高予算ゲームの蔓延《はびこ》る現代にも低予算ゲームの根強いファンは多い。

個人制作でも発表しやすいプラットホームが増えたおかげで、昔よりも低予算の工夫だけで勝負するようなゲームも増えたらしい。むしろ商業よりも個性的でクセの強い、インディーズ作品を好んで買いあさる愛好家も多く、ひとつの大きな潮流になっている。……って、調べたら出てきた。

「予算がなくても工夫さえできれば俺たちでも世界中のファンを魅了するゲームが作れるんだ。唯一、制作のハードルがあるとすれば、プログラミングの知識と技術だけど――」

制作者になりたくてもなれない、他のあらゆるゲーム制作者志望とは条件が違う。

「──オズなら、どんなアイデアも形にしてくれる。それだけの技術と知識、足りない部分があれば即座に吸収する学習力がある」

「熱弁してくれてるトコ、水を差すみたいでアレなんスけど」

橘が俺の言葉をさえぎった。

「何が言いたいんスか、センパイは」

「とぼけるなよ。察しはついてるだろ」

「……そりゃ、まあ。アホじゃねーし」

唇をとがらせて、ふてくされたような顔を見せる橘。丸椅子の上であぐらまでかいている。態度わりぃ。パンツ見えそうだから股を閉じなさい、股を。

──そう、俺がこの試作品ゲームを制作し、橘たちにプレイさせたのは、創作欲をいたずらにぶつけたわけでも、オズの才能を見せつけ「俺の友達すげーんだぜ」とドヤりたかったわけでもない。

単純明快なただひとつの目的。

首尾一貫。初志貫徹。徹頭徹尾。

ここ最近の俺がやってるのは、一気通貫して同じことだ。

「《紅鯉無尊《クリムゾン》》を抜けて、俺たちとゲームを作らないか？　二人にはゲームで使うＢＧＭとか、テーマソングとか、そういうのを作ってほしいんだ」

「……や、アタシはふつーに音楽活動したいんスけど」

「もちろんそれも続けてくれ。ゲームに使う楽曲を制作してるとき以外は、自由に活動すればいい」

「アタシにメリットなくねーッスか」

「ある」

俺は断言した。

あるに決まってるんだよ。

こちとらきちんと盤面を整えてから今日の交渉に臨んでるんだ。ナメてもらっちゃあ困る。

「言ったろ？　予算がなくても工夫次第で世界中のファンを魅了するゲームが作れる、って」

つまり。

「売れるんだよ。うまくやれば、お金になるんだ」

「……！」

橘の目の色が、変わった……って、観測する前から、その反応は予想できていた。

一番やりたいことは音楽活動。

不良集団に所属してるのはあくまでも活動資金の調達と仲間がいるからってだけで、そうでないならわざわざ社会に中指立ててファッ○ンする気はない。……ってのが、数日間、そばで観察してきた俺による自己流プロファイリングの結論だ。

「正直、かなり惹《ひ》かれるッスけど……」

ひとつだけ、橘が首を縦に振らない要素が残っているが――

「姐御を裏切るのだけはありえねーッス！」

「音井の許可ならもう下りてるぞ」

「はあ⁉」

――当然、そこは予測して先回り済みだ。

スマホを突きつけ、音井とのＬＩＭＥのやり取りが残った画面を見せてやる。

『浅黄の不良抜け＆クリエイティブ活動ぜんぜんおっけー。むしろ推奨ー』

本人の声まで脳内再生余裕な適当＆ゆるだるな文章を目の当《ま》たり《あ》にした橘は、目と口を大きく開けて固まった。

外堀は全部埋まってる。逃げ場はどこにもない。

「さあ、選べよ。あとはおまえがやりたいかどうか。それだけだ」

「うっ……」

鼻にぶつかる勢いでスマホを近づけて迫ると、橘は逃げるように仰《の》け反った。

けれど、拒絶の言葉までは出てこない。

橘は隣の友達をちらりと一瞥《いちべつ》すると、ばつが悪そうに頰を掻《か》きながらぽつりとこぼす。

「彩羽が不良しなくて済むなら、それがいいと思うッス。アタシも」

「橘さん……」

「彩羽も絶対やったほうがいいッスよ。協力したらおもろいゲームやり放題ってことっしょ？

これまでのつまんない毎日にさよならバイバイできるわけでっ」

橘がたたみかけるように説得してくれる。さすがは、やると決めたら猪突猛進《ちょとつもうしん》の女。

敵に回すとウザいが、味方だとこの厚かましいまでの押しの強さは心強いな。

実際、オズの妹にとっても魅力的な提案になってるはずだ。

娯楽がなく、退屈な日々を過ごしてきた彼女が、何か特別な集団の中で、特別なことをし、
自由に娯楽に触れることを望んできたのなら。この提案はきっと響くはずだ。

そしてそれがオズの活動と交われば、ほぼ断たれかけている兄と妹の関係にも、一本の橋を
架けることができる。

頼む。この手を取ってくれ、小日向彩羽……！

表情は一ミリも変えずに。

ただ心の中では合わせた手の腕にぶっとい血管が浮くくらい力強い祈りを込めて。

「ごめんなさい。私はそれ、遠慮しておきます」

返答は一瞬で。

それでいて、明快で。

誤解や解釈の余地が一切《いっさい》ない、シンプルな拒絶で。

「橘さん、迷惑かけてごめんね。もう不良の仲間にしてほしいなんて言わないから」

「彩羽……ちょ、寂《さび》しい雰囲気出すのやめろってば。アタシらの関係終わるみたいじゃん」

「ううん。そんなことないよ。路上ライブがあったら呼んで？　すぐに駆けつけるから！」

「それはうれしいッスけど……」

あくまでも一ファンとして。そんな線引きを感じさせるような小日向彩羽の明るい笑顔。

言外の意味を察して橘は笑顔を返せない。

「作戦会議するよね？　私、邪魔だと思うんでちょっと出かけてくるね！」

そう言って小日向彩羽はオズの部屋から飛び出していった。

口調こそ明るいが、まるで逃げるように慌ただしく。

「彩羽⁉　待っ……って速ッ！」

廊下を駆ける足音の後、遅れて玄関ドアの開閉する音も聞こえてきた。

橘が伸ばした手は行き場を失い、ぱたんと力なく落ちる。

別れを告げられたフラれ彼氏をわかりやすく演じてみましたって感じの、わざとらしささえ感じるコミカルな動きだったけど、半ばガチなので笑えない。

捨てられた猫みたいな顔をしてる橘を見てると、本気で申し訳なく思えてきた。

「あー。なんていうか、その。すまん」

「謝るのは悪いことした自覚アリってことッスか、センパイ?」

「悪くなくても謝らなきゃいけないときもある」

「日本人にしか通じなくね? メジャーリーグだとデッドボールをぶつけて謝ったら、故意にぶつけたんじゃねーかって逆に問題になるんスよ?」

「音楽女なら音楽でたとえろよ」

なんで野球なんだよ。

「いちいちうるせーッスね。テレビの野球中継は無料の娯楽なんスよ」

「あー。最近は日本人選手が海外で活躍してるもんなぁ」

それで日本でもメジャーリーグの中継をやってるわけか。知らなかったけど、納得だ。

「てかガチで謝らなくていいッスよ。センパイの提案はふつーに魅力的でしたし。センパイは何も悪くねーッス」

「そう言ってもらえると助かるが……他人の友情をぶっ壊すの、初めてなもんで……」

「あはっ♪ あんだけ無茶苦茶《むちゃくちゃ》やっといて、そういうところは小心者なんスね。ウケる」

「極めてアキらしいよねぇ」

「おいおい、オズまでイジりに乗るなよ」

「とんでもない、僕は褒めてるんだよ。橘さんもそうだよね?」

「そりゃもう褒め褒めッスよ。ゴリ押し鬼畜野郎が見せる貴重な弱み、可愛すぎっしょ」

「完全同意。アキの感想を言い合える同志が見つかってうれしいよ、橘さん」

「へ、へへへ♪　照れるッスよ、小日向センパイ」

「なんなんだおまえらは……」

人をダシにイチャつきやがって。

——それはさておき。

「なあオズ。妹、あのままひとりにさせて大丈夫かな」

「大丈夫なんじゃない？　まだ外は明るいし、もう中学生なんだから」

「でも、様子がおかしかったしさ」

「うーん……人の様子のおかしさを外側から判断できないから、何とも言えないね」

「そりゃあ俺も無理だ。てか、そういうことじゃなくてさ」

「？」

オズはきょとんとしている。

相変わらず妹のことだっていうのに関心が薄い反応だ。それとも俺が気にしすぎなんだろうか。

……いや、違う。気にしすぎでもいいだろ、俺。

小日向家に漂う違和感が杞憂《きゆう》ならそれでいい。勘違いだとしても俺が恥をかくだけで済む。

でも、もしも違和感を無視して本当に致命的なことが起きてしまったら、そのほうが遥《はる》かに最悪だ。

「すまん、やっぱ妹のことが気になる。俺、ちょっと出てくるよ」

「ならアタシも！」

「僕も行こうか？」

「橘とオズは家で待っててくれ」

「何でッスか。ほぼ無関係なセンパイが行くより、どー考えても友達のアタシの役目っしょ」

「いや、それはそうなんだが、ただ……」

——兄や友達といった、身近な存在だからこそ言えないこともあるような気がして。

そんな思い上がりも甚だしい本音は、さすがに口に出せないけれど。

「とにかく、ここで待ってろ。行ってくる！」

「ちょ、小日向センパイと二人っきりで何してればいいんスか⁉」

「ゲーム！」

「友達のお兄さんとサシでゲーム⁉　無茶振りが過ぎません⁉」

橘の悲鳴じみた声は完全無視。ここでコントじみた掛け合いを続けてる時間はない。

オズといい感じの雰囲気になったら友人代表で祝福してやるから。頑張れ、橘。

無責任な声援を胸にマンションを出た。

ロビーを抜けて見慣れた光景。右と左、さっそくの分かれ道。

どっちへ行くべきか……?

一瞬迷って、すぐに片方を選んだ。

判断基準は――いつも登校しているときに通っているほうの道。

自由を制限されてる優等生の生活を想像したら、通学路以外の道をいっさい使わないんじゃないかと思った。

特に目的地がないなら、いつも使っている通学路を選ぶんじゃないか、と。

「とはいえ、こっちの道を進んでも途中でいくらでも分岐するし、いまから追いつくのは無理か……?」

オズの妹の性格や行動パターンなんて何も知らない。知れるほど仲良くもないし、出会ってまだ大して時間も経《た》ってないし。

……いや、待てよ?

もしかしたら、あそこじゃないか?

小日向彩羽についての情報量が少ないからこそ、俺の脳味噌《のうみそ》は、即座に『それっぽい解』を導き出せた。

根拠も確証もないけれど。

「どうせ他にアテはない。とりあえず、賭《か》けてみるか!」

息を切らせてやってきたのは、公園だった。

通学路の途中にある公園——小日向彩羽と橘浅黄が最初に接触した（と、音楽女子の情報をもとに俺が勝手にそう判断した）公園だ。

夏の青空の中にほんのりと赤が混ざり始める、夕暮れ時の手前。すこしだけ風が吹いていて、植え込みの木々がかさかさと葉擦れの音を立てている。

自然公園と呼べるほど壮大ではないけれど、住宅街の真ん中にあるにしては充分すぎるほどの広さを誇る。昨今のご近所クレーム沙汰で遊具はほぼ除かれて、しけた鉄棒と小さなすべり台しかなく、ベンチだけがやたらとたくさんあった。

遊び場として魅力ゼロな場所のせいか子どもの姿はどこにもなく、それどころか人の気配もほとんどない。

そんな、ほぼ無人の公園の真ん中で。

いい、いい、いい、会話をしてるやつがいた。


「ちょっとちょっとちょっと！　ＨＥＹ！　ＹＯ！　どうして逃げてきちゃったんですか⁉　浅黄ちゃんと一緒にゲーム作りとか、めちゃくちゃ楽しそうなのにＹＯ！」

「わ、私も……そう思う。……彩羽は不良になりたかったわけじゃ、ないもの」

「二人の言いたいことはわかるよ。でもね、ゲーム作りに誘われたときの橘さんの反応を見て、思い知らされちゃったんだ」

「何にですYO?」

「橘さんには『軸』があるなーって」

「『軸』……ですか……?」

「うん。音楽をやりたいっていう、一本筋の通った、けっして動かないものがある。だから、不良活動だろうとゲーム制作だろうと、自由自在に渡り歩いていける。居場所を変えても自分を変えずにいられる」

「彩羽ちゃんには……それが、ない……?」

「そりゃそうだよ。橘さんがカッコ良く見えて、羨《うらや》ましくなっただけだもん。音楽でも、不良でも、どっちでもよかったの。だって私は、何かをやりたかったんじゃなくて、橘さんになりたかっただけだから」

「HEY!　YO!　そういうの知ってますYO。ワナビーって言うんだYO!」

「あはは、容赦ないね。でも、君の言う通りだと思う」

　奇妙な光景だ、と思った。

　会話の内容だけなら、三人はいそうだ。

だけどそこにいるのは三人どころか二人ですらなく、小日向彩羽、ただひとりだった。

(脳内会議? いや、思考だけじゃなくて実際に口に出してるし、一人芝居って表現するべきか?)

俺は木の陰に隠れて、こっそりと様子をうかがうことにした。

これまで見せてこなかった小日向彩羽の新たな一面を知れるような気がしたし、何よりも、こんなヘンテコなことをする人間を初めて見たという好奇心が、もっと長くこの光景を見せろと囁《ささや》いているから。


「彩羽ちゃん。遠慮……してない?」

「遠慮って?」

「ずっと……自分を前に出さないように、してる……よね? あのゲームに出てきた動物の絵だって、本音は『すごく可愛くて好き』だったのに、浅黄ちゃんの不細工って感想に合わせて自分の意見を曲げたでしょ」

「それは……橘さんの盛り上がりに水を差すのも悪いなーって……」

「HEY! YO! 完全遠慮じゃねーですかYO! 可愛いと思ったら可愛い、素直に言うのがいいですYO!」

寸劇は続く。シュールな光景だが、不思議と痛々しさは感じなかった。

何故《なぜ》なら、恐ろしいほど演技が上手かったから。

まるで本当にそこに三人の人間が存在するかのように錯覚してしまうレベルで、上手《うま》い。

極めて陽《よう》キャな小日向彩羽、大人しそうな陰《いん》の小日向彩羽、そして本体っぽいニュートラルな小日向彩羽。

それぞれ異なる声、異なる性格、異なる記憶を持ったべつべつの人間になりきっている。

上っ面の演技じゃない。完全に役に入り込んだ状態で、三人分。それを即座に切り替えて、掛け合いをする——尋常ならざる匠《たくみ》の業。

「すげえ……」

素直な感想が口から漏れる。

友達の妹の一人芝居に魅入られた俺は、木陰から顔を出したまま茫然《ぼうぜん》と立ち尽くしていた。

それがいけなかった。

「え?」

ひと段落した彼女が立ち位置を変えようと動いて——ちょうど俺のほうに視線が向いたのだ。

「な、な、な……」

目と目が合う瞬間、詰みだと気づいた。罪だとも気づいた。

「ち、違う！　違うんだ！」

覗《のぞ》きクソ野郎を目撃した衝撃に口をパクパクさせる小日向彩羽。

俺はあわてて手を振り回し、弁明しようと試みる。

しかし俺の声はもはや聞こえていないようで、みるみるうちに彼女の顔が真っ赤に染まっていく。

「み、見られた……見られた……！　見られた……！」

「たしかに見た！　だけど安心してくれ。ドン引きしたりはしてないから！」

「何も言ってないのにわざわざドン引きって言葉を使いましたよね⁉　それ絶対心の奥底ではドン引きしてるやつですよね⁉」

「たしかに一瞬引いた！　だけど安心してくれ。途中から素直に演技が凄《すご》いって感想しかなかったから！」

「やっぱり最初は引いてたんじゃないですか！　安心してくれと言ったら安心すると思ったら大間違いですよ！」

「細かいところに気づくなよ！　適度な鈍感力は人生を豊かにするんだぞ！」

「この流れで説教して上に行こうとしないでくれます⁉　いまは大星先輩が責められるシチュですからね！」

「ぐうの音も出ねえ！」

急な応酬で的確な反論をしてくるあたり、頭の回転が速すぎる。

さては地頭がかなり良いな？　こういう一面を見せられると、疎遠気味でもやっぱりオズの妹なんだなと実感できる。

ベンチの裏にかがんで隠れ、がるるると猛犬みたいにうなる小日向彩羽。

照れと警戒が五対五でミックスされた濃度50パーセントの睨みつけ。小動物みたいで可愛いって、ほっこりしてる場合じゃない。

「あー、妹さん。いま見たことは誰かに言ったりしないから、そう睨まないでくれるか？」

「言わない代わりに脅迫するんですよね。やらしいことを要求するんですよね」

「しねえよ！　てか娯楽に触れてないくせにどこで覚えたんだ、そんなこと」

「橘さんと遊ぶとき、こっそりスマホで漫画を読ませてもらって……」

「橘め、教育上よろしくないタイプの漫画を読ませやがって」

はあとため息をついて、俺は彼女が隠れているベンチに座った。もちろん、堂々と。

後ろめたいことなど何もないから当然だ。

「お節介な野郎だって、心の中でいくらでもディスってくれていいからさ。とりあえず表面上だけでも俺と会話してるフリをしてくれないか？」

「……何ですか、その変なお願いは」

「変なやつに巻き込まれたと思って諦めて、適当に話を合わせてくれってこと」

小日向彩羽にとって、俺はただの兄貴の友達。

心からの悩みを打ち明けるような相手じゃない。

だけど、そんなことは全部わかった上で、俺は彼女の抱える問題を知りたかった。

お節介でしつこいクソ男に巻き込まれた――そういうテイでいいから、さっき一人芝居で話していたような胸の内を晒《さら》してほしかった。

……なんとなく、彼女はその本音を誰にも吐き出せずにいるんじゃないかと思ったから。

「……ホント、変わってますよね。大星先輩って」

「自覚はしてる」

「なおタチが悪いですよ」

あきらめたように息を吐いて、小日向彩羽はようやく立ち上がった。ベンチを回り込んで、俺の隣に腰を下ろす。……間に二人ぐらい座れそうなくらい距離を空けて。

警戒感ＭＡＸの他人の距離。ベンチの端っこから半分ほどお尻《しり》を浮かせてやがる。

そこまでして距離を空けなくても……さすがに傷つくぞ、俺だって。

いやまあ、会話してくれるなら贅沢《ぜいたく》は言わないけどさ。

「…………」

座ってから、しばらくは無言だった。

うつむいたまま私服のスカートの裾《すそ》をぎゅっと握りしめている彼女を横目に、俺は自分の中で言葉をまとめていく。

話したいことが多すぎて、何から話すべきか迷っていた。

……まずはどうでもいいトコから済ませるか。

「ありがとな」

「……なんでいきなりお礼を？」

「動物の絵。可愛いと思ってくれてたんだろ」

「あっ」

さっきの一人芝居を思い出してか小日向彩羽の頬が赤くなる。恥ずかしい記憶をくすぐってしまうのは申し訳ないが、どうしても感謝を伝えておきたかったのだ。許してほしい。

「俺、美術の授業がずっと嫌いでさ。絵心ゼロなのに自分の描いた絵を誰かに見せなきゃいけないとか拷問すぎる」

「あはは。ちょっとわかるかもですねー」

「そうなのか？　優等生っぽいし、女の子は絵が上手い子が多いイメージだったから。あんたなら最高評価かと思ってた」

「美術の授業はそんなに苦じゃないですよ。見たものを見たまま描けばいいので。……でも、自由に描いていいよって言われると、全然自信ないです。たぶんヘナチョコな絵になると思います」

「へえ、不思議なもんだな」

やはりそれも性格や環境によるものなんだろうか？

まあ、そこを掘り下げるのは後だ。いまは本題に戻ろう。

「——ともかく、俺は美術が苦手でさ。でも今回、ゲームのためにとりあえず絵が必要だからってんで、自分なりに描き方を調べたり、勉強したりして、描いてみたんだ」

あのゲームの絵は適当に描かれた絵だと認識しているけれど、適当な姿勢で描いたわけじゃない。

全力を尽くした結果、他人からは適当に描いたと評価されるであろう絵になっただけだ。

「だからまあ、褒められたら素直にうれしい」

「そ、そうですか。えっと……どういたしまして、でいいですか」

「ああ」

「私のセンスを信用されても困りますけどね」

「大衆に広く評価されるレベルだとは思ってないから大丈夫だよ。一人でもファンがいるなら救われるってだけ」

「そういうものなんですね。よくわかりませんけど」

俺も今日までわからなかった感情だ。たぶん何かを創作して、誰かに見せて、感想をもらう経験をした人間だけが理解できるようになる感覚なんだろう。

もしかしたら橘あたりはその道の大先輩かもな。

まだ作品を他人に見せたことのない小日向彩羽には縁遠い感情……いや待てよ。本当にそうだろうか?

「あのさ、さっきの一人芝居なんだけど」

「そっ、そのギャグっぽい話も蒸し返すんですか。もっとシリアスな家庭の事情につっこまれるのかと……」

「や、個人的にはそこも大事なんだよ」

だって、と、ひと言クッションを挟んで、こう続けた。

「演技力が凄すぎて、正直感動したから」

「……へ?」

予想外の変化球が胸元《むなもと》に入ってきたかのように、彼女はぽかんとしている。

「最初、声だけ聞こえてきたときはさ、三人いるかと思ったんだよ。声も人格も全然違う三人が会話してるようにしか聞こえなかった」

「……でも、姿を見たら超絶シュールでキモかった、ですよね」

「姿を見ても凄さは変わらないって。むしろ一人なんだと知ったときがいちばん感動した」

「そ、そうですか。……ありがとう、ございます?」

熱弁する俺に小日向彩羽は戸惑い気味に礼を言った。

困惑こそしているけれど、その表情はこれまで見た彼女のそれの中で最《もっと》も柔らかい気がした。

胃の奥からこみ上げてきたうれしさが頰の内側に溜《た》まっているかのように小さな口がもごもごしている。

「これで、わかったんじゃないか？　――さっきの俺の気持ち」

「あっ……」

指摘されて、はっとした顔になる小日向彩羽。

「一人でもファンがいたら救われる……だろ？」

「や、でも、私のアレは作品でも何でもないですよっ」

「そうか？　人に見せて投げ銭もらえるレベルの芸だろ、あれ」

橘の弾き語りと本質的には同じだ。

「ホント、そういうのじゃないんで……あれはただ、退屈しのぎの遊びっていうか……」

「遊び？」

「えと……うちの家のこと、なんとなく察してたりします？」

横目でチラと見ながら訊いてくる。

俺はすぐにうなずいた。

「娯楽が禁じられてる……で、合ってるか？」

「はい。ママが、そういうの嫌いみたいで」

「そういうの……テレビとか？」

「いえ、全部です」

「全部？」

「はい。テレビ番組、音楽、ゲーム、漫画……娯楽と呼べるものは、だいたい嫌いです」

「そこまでかよ。テレビが置かれてないだけってわけじゃないんだな……」

「昔は、そんなに厳しくなかったんですよ。ママがそういうの嫌いなだけで、私やお兄ちゃんがテレビを観《み》ることまでは禁止しませんでした」

　正直、そのほうが正常な気がする。

　自分が嫌いだからって子どもを娯楽から切り離すなんて、ふつうの判断とは思えなかった。でも、かつては禁止していなかったのに、どうしていまは禁止されているんだろう？

「禁止されたのは、いつから？」

「小学校高学年くらいの頃……だった気がします。日曜日にやってたアニメのキャラが可愛くて、真似《まね》をしてたんです。どうやったら本物みたいにカッコよく演じられるかなーって、自分なりに工夫したりして。……内緒ですよ？　いま思い出すと、ちょっと恥ずかしいんで」

「子どもなら誰しも一度は通る道だろ。俺だって、電球のヒモでシャドーボクシングしたり、新聞丸めて作った剣を振り回したりしてたぞ」

「で、ですよね！　私、そこまで変じゃないですよね⁉」

「あ、ああ」

ぐいっと詰め寄られて、思わず仰け反った。

けっこう可愛い顔をしているので至近距離に来られるとドキドキする。

ベンチの座り位置が、いつの間にか縮まっていた。

「変じゃないと思うんですけど……何故か、私がキャラの真似っこをしてるところを見た瞬間、ママがものすごく取り乱しちゃって」

「取り乱す……怒った、とかじゃなく？」

「怒ってもいたのかな……なんだか、怒ったり悲しんだり、いろいろな感情に振り回されてるみたいな反応で……」

なるほど、それで『取り乱す』と表現するしかなかったわけか。

「それからなんです、家からテレビがなくなって。ママから、娯楽に触れずに勉強に集中しろって言われたのは」

「……母親がどうして取り乱したのか、事情は聞いてるのか？」

「わかりません。何も語ってくれなくて……でも、悲しそうな顔を見てると、それ以上は私も何も言えなくて」

「だから、母親の言いなりになって、自由を奪われるがままになってるわけか」

「………」

はい、とも言わず、うなずくこともしなかった。

彼女はそれを肯定することが母親への裏切りになると思っているのかもしれない。

……しかしまあ、家庭ごとに事情はさまざまだろうし、うちの大星家だって一般的な家庭と呼べるような立派なモンじゃないとは思うけれど。

小日向家の闇《やみ》は、少なくとも俺の知る限りではいちばん根深いんじゃなかろうか。

「で、そんなわけで。いちおうアニメとかドラマみたいなものの存在は知ってるんですけど、取り上げられちゃって。……で、あの、ホントこれ、誰にも言わないでくれます？」

「言わない、言わない」

「誰かに漏らしたら一生恨みますからね」

「言わないってば」

俺はオズと友達でい続けたいんだ。それなのに友達の妹に嫌われてしまったら、不利でしかないわけで。

わざわざ自分が不利になる行動なんかしない。

「実はその……娯楽がなくて退屈すぎるので、自分で勝手に物語を想像したり、自分で演じてみたりしてたんです」

彼女は恥をしのぶような小さな声で、そう告白した。

「物語とかキャラを作る才能ゼロなんで、見かけた人とかクラスメイトとかを参考に役作りをしてるだけなんですけどね。あはは」

「あー、だからテンプレっぽいパリピと内気キャラだったのか」

「ぐ……お恥ずかしながら……」

「恥ずかしがることないだろ。台本もなしにあれだけ解像度の高い人間を演じられるんだから。充分すぎるって」

「そ、そうですかね。……というか大星先輩、演劇とかやってるんですか？　やけに詳しそうですけど」

「全然。ただ、うちの母親が役者のメイクアップとかをやっててさ。小さい頃はたまに現場に連れてってくれたりしたんだよ」

物心つくかつかないかぐらいの頃だったけれど、プロの役者の仕事を目の当たりにした記憶はいまでも鮮明に残っている。

一流の演技とはどういうものか、生意気にも、俺の心にはしっかり刻み込まれているのだ。

「その俺が言うんだから間違いない。おまえの演技力はずば抜けてる」

「なんか……真面目《まじめ》に褒められると照れますね」

「そうだろう、そうだろう。さっきの俺の気持ち、わかってくれたか」

「はい……胸のところが、めっちゃムズムズします」

頬を染めつつはにかむ小日向彩羽。

塩対応されてるときは可愛げのない優等生だなぁと思っていたけれど、こうして見ると素直に可愛いなと感じる。

実際、ルックスはかなり良い。スタイルも良い。ビックリするほど美少女だ。

並外れた演技力もあるのだから、末は女優やアイドルにだってなれるんじゃなかろうか。

妹が天才女優でした、とか、幼なじみが一流アイドルに⁉　……だったら、いかにも漫画の設定として王道な展開なんだけどな。

実際は妹やら幼なじみじゃなくてただの友達の妹だし、まだ女優でもアイドルでもないってところがいまいち締まらない。必ずしもいちばん面白い構図にならないあたり、いかにも現実って感じだ。

でも、現実だからこそ、漫画よりも都合のいいときだってある。

稀代《きだい》の天才映画監督に才能を見出されなくても――。

学校が廃校の危機に迫られなくても――。

何か特別なきっかけがなくたって、いつからでも、どこからでも――。

――夢への一歩を、踏み出せる。

「あんたはさ、たぶん人の顔色をうかがうのが上手いんだ。だから見ただけの人間をリアルに演じられる」

「言われてみたら、そう、なのかもしれません。自覚は、なかったですけど」

「だから自ら母親を裏切れないし、オズともぎこちない関係になってる。……そうだな？」

「……まあ、はい……。お兄ちゃんは、実際私のこととか興味ないだろうなって思いますし。ママのことも……止直、図星です」

「だから外側から強引《ごういん》にねじ曲げてほしかったんだ。不良集団の友達に誘われて、仕方なく。自分の責任にならない環境で、ムリヤリ自分を変えさせてもらいたかった。……悪いな、耳が痛いこと言っちまって」

「……いえ、いいです。そういうずるいこと考えてたのは、たぶん、ホントですし」

たぶん、というのも、逃げの言葉ではないのだろう。

小日向彩羽は無自覚なんだ。

自分の正直な気持ちに蓋をして、やりたいことを我慢して、そうして――。

母親の言うことを聞く優等生な本当の自分――っていうキャラを、創り上げた。

そして常に、そのキャラを演じ続けてる。

そのキャラに矛盾する行動は取れない。だけど封印されてる本当に本当の本物の小日向彩羽は、ずっとSOSを発信し続けていて。

キャラを守りながら本当の自分の願望を押し通す道を、無意識に探していた。

彼女に必要なのは、強引に彼女の手を引く何かだ。

だから。

「俺が不良集団の代わりになる」

「……え？」

「おまえを強引に娯楽に誘って、ムリヤリ母親の言いつけを破らせる。……小日向彩羽の人生を、俺に預けてくれないか？」

「人生って……ちょ、いきなりなに壮大な話をしてるんですか⁉」

突然の申し出に、彼女は驚きの声を上げた。

ツッコミはごもっともだが、俺にしてみたらここ数十日の間、ちょっとずつ積み重ねてきた結果に導き出した結論だ。

「楽しいんだろ？」

「……何がです？」

「演技。誰かを演じること」

「それは……まあ、そればっかやってましたし」

「なら、あんたの目指すべきはその道——役者の道なんじゃないか？」

「役者……」

俺の使った単語をおうむ返しで口にする小日向彩羽。

まるでこれまでの人生で一度も考えたことがないとでも言いたげな、素朴な反応。

「橘の真似事じゃない。小日向彩羽だけの夢だ。……どうだ？　しっくりこないか？」

「役者……」

もう一度くり返し、彼女は自分の胸に手を当てて考える。

たっぷり五秒の間を空けて、ゆっくり噛みしめるように。

「あんまり意識したことなかったですけど、さっき褒められたときもうれしかったですし……。たぶん私、これ、やりたいかもしれません」

本当の小日向彩羽が、自分の望みを言葉にした。

そしてそれは、俺が求めていた答えでもあって。

「なら俺が、活動できる『場所』を作る。あんたも俺たちと一緒にゲームを作ろう。橘が担当する音楽をついでに手伝うんじゃなく、小日向彩羽だけの――小日向彩羽にしかできない仕事を任せたい」

「私だけの仕事……ゲームで、ですか？　でも、演技で役立てることなんてないような」

「ああ。さっき遊ばせたようなゲームだと必要ない」

いわゆるレトロゲーム。音声を入れる文化がまだなかった時代の水準だ。

「だけど、これから作ろうとしてるゲームには必要なんだ」

試作品だからあのクオリティで妥協しているが、これから俺たちが作っていかなきゃいけないのはあくまでも『売れるゲーム』――『お金を稼げるゲーム』である。音井に《紅鯉無尊《クリムゾン》》

を解散させ、橘を含めて音井の抱える不良たちを一般人に戻すには、それが最低条件だった。

なら、キャラクターに声をつけることも充分選択肢に入るわけで。

役者の中でも、声優という役割なら顔を出さないまま活動し、経験を積むことだってできるわけで。

——そんな青写真を熱弁し、俺は、ふたたびオズの妹に手を差し伸べた。

「一緒にやってみないか？　ゲームづくり」

「大星先輩……」

一瞬、伸ばしかけた手が空中でピタリと止まる。

彼女の顔に微《かす》かに影が差す。

ここまでお膳立てしてもまだ、抵抗がある……か。

母親の気持ちを慮《おもんぱか》って、やりたいことを我慢する小日向彩羽というキャラは、もしかしたら想像以上に、彼女にとって大切なロールプレイなのかもしれない。

母親との良好な関係のためか、何なのか、詳しいことはわからないけれど。

だとしたら俺は、ひどいやつかもしれない。

彼女が大切にしていたものを、いまから強引に奪ってしまうことになるのかもしれない。

だけど、たとえひどいことだとしても、これは俺とオズの未来のために必要なことだから。

クラスで鼻つまみ者として扱われていたオズが、そうならないように。あいつの周りで妙な動きがないように。すべてがうまく収まるようにするには、小日向彩羽には、殻を破ってもらわなくちゃいけないんだ。

小日向彩羽のためじゃない。あくまでも俺のエゴ。俺だけの都合で。

「ちょ、大星先輩⁉︎」

俺は、彼女の手を、自ら握りにいった。

「絶対に母親にはバレないように気をつける。もしバレたら、兄貴の友達に誘われて仕方なく協力した、本当は母親との約束を破りたくなかった……ってことにしていい。だから頼む！」

「……。どうして、そんなに必死なんですか。ただの他人なのに」

「オズの妹だからだ。おまえのためじゃない」

「プロデューサーの勧誘文句としては最低ですよね、それ」

プロデューサー……か。

彼女から何気なく出てきた単語が妙にしっくりきた。

特にそうなりたいと思っていたわけじゃないし、それを目指してきたわけじゃないけれど。

才能を放っておけなくて、自分の手でどうにかして花を咲かせたいと、傲慢にも考えてしまっている今の自分をひと言で表したら。

プロデューサー、と。そう呼ぶのがわかりやすいのだろう。

「……そうやって甘い言葉で誘って、途中で投げ出したりしません？」

「絶対に投げ出さない。責任持って続けるし、オズの活動も、妹の活動も、しっかり支え続ける」

責任を取る、という、無責任な断言。

根拠はない。だけどここで言葉を濁すようでは彼女の心はつかめない。

そう思って、瞳《ひとみ》を逸《そ》らさず、力強く言いきった。

「あはは」

あきれたような、何かが吹っきれたような笑みが、小日向彩羽の口からこぼれた。

そして、わずかに唇をとがらせて言う。

「それ、やめてください」

「え？」

「妹、ってやつ。いちいちそれで呼ばれるの、微妙な感じなんで。名前で呼んでください」

「言われてみたらそうだな……」

心の中で『オズの妹』だの、フルネームで『小日向彩羽』だのと呼ぶのも正直めんどくさいと思ってた。

ただ、どうしてそういうふうに呼んでいたのかといえば——。

「小日向、だと違和感あってさ。オズのこと、友達になる前は小日向って呼んでたし」

「下の名前で呼べばいいじゃないですか」

「下の名前……彩羽さん？」

「後輩にさん付けは気持ち悪くないですか。呼び捨てでいいのでは」

「……彩羽？」

「はい」

彼女はうなずいた。

はい、じゃないんだよなぁ……。

平然と提案されたが、俺にとっては重大事だ。何せ俺は女子と深く交流した経験に乏しい。

つまり下の名前で呼ぶ経験なんてほとんどないわけで。

橘のことも橘って苗字《みょうじ》で呼んでるし、音井のことも音井って呼んでる。

そもそも音井は下の名前が何なのかいまだに把握していない。ニセ彼女になってから名前くらい知っておこうと名簿を見ようとしたこともあったんだが……なぜか音井に猛然と奪いとられたんだよな。よくわからん。

とにかく女子を下の名前で呼び捨てるのは俺にとって高すぎるハードルなのだ。

「ほら、リピートアフタミー。彩羽」

「い、彩羽」

「どもらないでください。彩羽」

「……おまえ、微妙にキャラ変わってきてないか？」

意外と性根は押しが強いタイプなのかもしれん。

自分の正直な気持ちには蓋をしなくていいけど……このまま本性を暴《あば》いていくと、とんでもないキャラが潜んでいそうな気がしてきた。もしかして俺は、パンドラの箱を開けてしまったんだろうか。

「おまえ、じゃないですよね。ほら、なんて呼ぶんでしたっけ？」

引き下がる気はないらしい、小日向彩羽。

俺はひとつ呼吸を挟んで、覚悟を決めて。

――その名前を、口にした。

「彩羽」

「はい、よろしくお願いしますね。大星先輩♪」

こうして俺は、友達の妹――彩羽と、誰にも言えない秘密の関係を結んだのだった。

＊

『――と、そんな感動エピソードを経て、今に至るわけだ』

『最低……信じられない……』

『な、なんだよ真白《ましろ》。そこまでドン引きすることないだろ。たしかに強引にこの道に誘ったのはやりすぎっていうか、中学時代の青臭さ全開で黒歴史でしかないけどさぁ』

『え？』

『ちがう、そうじゃない』

『え……あ……あぁっ⁉』

『女子を下の名前で呼び捨てしたことないって……真白のこと、完全に忘れてるよね？』

『ほら！　いま思い出したって反応！　最低……！　最悪……！　しね……！』

『待て、待ってくれ。幼なじみで従姉妹《いとこ》だぞ？　さすがにノーカンだろ⁉』

『女子は女子。呼び捨ては呼び捨て。真白を思い浮かべなかった罪は世が世なら斬り捨て』

『いやでもほら、ちょうどこの時期、疎遠になってたし！』

『言い訳とか聞きたくない。しね、かす、ばか。もう知らない』

『お、おい、なんでスマホをいじり出すんだよ。まだ話の続きが……』

『もういい。原稿する』

『ここで⁉』

『気分最悪。やってられない。だから、ふて、ふて原稿する』

『ふて原稿⁉　なんだその謎《なぞ》単語は！』

『やなことがあったらふて寝するでしょ。それの原稿版。真白の中のすべての負の感情を……

作品にこめて……吐き出す……！』

『こ、これは、巻貝《まきがい》なまこ先生の暗黒作風の波動！　そうか、そうやって名作は生み出されるんだな！』

『ふんだ。アキなんてせいぜい海の魔物に捕食されればいいんだ』

『けど、そうか。原稿やるなら話をやめて観覧車を降りるか？　どうせ話は聞きたくないってことだし、原稿に集中しやすい環境に移動したほうが……』

『やだ。観覧車から降りたくない。話も続けて』

『えっ。でも、聞きたくないんだろ？』

『真白は原稿してるから、アキはひとりでしゃべってて』

『なんの罰ゲームだよ！』

第6話・・・・友達の妹と俺だけの秘密

小日向彩羽《こひなたいろは》を彩羽と呼ぶようになってから、半年以上の時が流れた——。

新学期、春。

俺《おれ》、オズ、音井《おとい》はもう三年生。あと一年で卒業の年である。

この間、何事も起こらなかった……わけではないが、ゲームを作るための企画考案だったり、《紅鯉無尊《クリムゾン》》の不良行為卒業に向けた下地づくりだったり、彩羽の演技指導だったり、地味な作業を積み重ねていっただけだ。

コツコツと、一歩ずつ前に進んでいく半年間は、あっという間だった気がする。

そして——。

始業式の後、俺と彩羽の二人は音井の家に呼び出された。

「おー、おまえらー。よく来たなー」

「おう、来たぞ。……てか音井、始業式の日ぐらい学校に来いよ」

「あははー、行くわけないだろー。新学期初日とか、むしろ一年で一番サボっていい日じゃんよー」

「そもそもサボっていい日なんかないんだが……」

「アキは相変わらず細かいなー。まー、どうでもいいけどー。なー、小日向ー？」

「そ、そうですよね。大星《おおぼし》先輩は、もうちょっとアバウトでもいいですよね」

「彩羽、おまえどっちの味方なんだよ……俺、直属のプロデューサーなのに……」

「でも音井さんのほうが威厳がありますし」

「否定できないのが悲しいけどさぁ」

省略させてもらった日々の中で、彩羽と音井の面通しは完了していた。

不良の総長との初対面はめっちゃ緊張していた彩羽だけど、話してみたら地方のゆるキャラもびっくりの抜けた雰囲気を前にあっという間に気がゆるみ、いまではそこそこ仲のいい先輩、後輩、ぐらいの距離感で会話できるようになっていた。

「――で、今日だけど。わざわざ俺たちを呼んだってことは……完成したのか？」

「おー。できたぞー。音井スタジオ、完成だー」

「おおおお！　ついに！」

テンション上がってきた。

古式ゆかしい音井邸の庭園を見渡してみる。どこかにそれらしい建物が増築されてたりするのだろうかと思ったが、それっぽいものは見当たらない。

「えっと、どこに？」

「あそこー」

音井が指さした先には——ただの倉。

音井は俺たちを倉の前に連れていくと、重たそうな鉄製の扉を開けた。ふわりと独特な匂《にお》いが外に流れ出してきた。

日差しが薄暗い空間を照らし、中の状態がハッキリと目に見える。

そして、地下へと続く階段の存在に気づいた。

「なんだこのダンジョンみたいな構造……。この下にあるのか？」

「そゆこと。地下なら防音も完璧《かんぺき》だろー」

「たしかに、言われてみたら……けどまあ、活動のためにまさか地下まで用意するとは」

「じーさん、ばーさんまで説得して、将来もらえる予定だった財産めっちゃ前借りしたわー」

「そんなことまで⁉　人生賭《か》けてんなぁ……」

「おいおい他人事みたいに言うなー。賭けさせたの、半分はアキだぞー」

「それを言われると耳が痛いな……」

音井家に作られた音響スタジオは、彩羽の音声収録をしたり橘《たちばな》たち《紅鯉無尊《クリムゾン》》の音楽制作集団が楽曲を収録したりするためのものだ。それらの活動はすべて俺が発案したゲーム制作と関係している。

もっとも、橘をはじめ音楽活動をしているメンバーを支えるための施設づくりは音井自身、もともと計画していたそうだし、仮に俺のアイデアがなかったとしても自分だけで何かしらは作っていたんだろうけど。

ただまあ、音響スタジオを音井が用意してくれたのは正直助かっていた。

ゲーム制作はけっこうお金がかかる。

企画、プログラミング、BGM、効果音、声優は自前で用意できるものの、グラフィックやシナリオはできる人間に外注しなければならない。さすがに俺の絵じゃ売れるゲームにはならないし、シナリオも試しに書いてみたけど挫折した。

最低限、正しい日本語は書けてるけど、世界観やキャラ、台詞《せりふ》にまったく魅力を込められなかったんだよなぁ……難しいぜ、シナリオ。

そんなわけでネットを通して誰《だれ》かに仕事依頼をする必要があるわけで、そうなると依頼料が必要になってくる。

毎月の生活費を切り詰めて資金を捻出するとして、ゲームを一本作る度に収録スタジオに十万だの二十万だの使っていたら全然予算が足りなくなってしまう。

彩羽に演技指導を施すために定期的にスタジオを借りてたら、ン百万かかるかもわからん。

なので、こうして音井の持ち出しで音響スタジオができて、しかも無料で使わせてもらえることになってマジで助かった。

音井、神。——否。

「何かもう音井って呼び捨てするのも気が引ける。音井さんと呼ぶべきかもしれん」

「好きに呼べばいいさー。フルネーム呼び以外なら何でもいいぞー」

「そういや音井……音井さんって、下の名前なんだっけ？」

「ぶっ殺すぞー？」

「なんで⁉」

前にも同じような反応をされたのだが、何故下の名前を訊《き》いただけで殺意が生まれるのか、その理由はいまだに謎《なぞ》だった。

「それにしても大星先輩って、ある意味、音井さんのお金で夢を追ってることになりますよね。ヒモ彼氏みたい」

「人聞きが悪すぎるだろ、彩羽……。あと、彼氏ってのは——」

「わかってますよ。ニセですよね？」

「わかってるならいじるなっての」

「あはは」

可笑《おか》しそうに軽く笑う彩羽。

彩羽のやつ、たまーにこういう一面を見せるんだよなぁ。

基本的には真面目《まじめ》で優等生ちゃんな子なんだけど、ときどき微Sというかほんのりと意地悪なところを覗《のぞ》かせてくる。橘みたいな極まったウザ絡みやイジりをしてこないだけ、まだマシではあるが。

音井さんに案内されて、俺たちは地下のスタジオに足を踏み入れた。

「おお……！」

「すご……本格的ですね……！」

俺が感嘆の声を漏《も》らし、彩羽も目を輝かせた。

地下に入ってすぐ、そこそこ広めの空間は応接スペース。テーブルと椅子《いす》が並び、棚の上にはお菓子の詰まった箱（特に目立つのはチュパドロが剣山みたいに刺さりまくったタワー状の箱）や各種茶葉、コーヒー豆など。椅子に座って楽譜を眺めていたモヒカン男が俺たちに気づいて顔を上げ、「ちぃーっす！」と元気よく挨拶《あいさつ》してきた。

開けっ放しの分厚い防音扉の中はコントロールルームだ。名称もよくわからない機材で室内が埋め尽くされた、本格っぽいことだけはわかる空間になっていて、車やロボットで興奮するのと同じ少年心がくすぐられた。

「これ、扱えるのか？　俺にはさっぱりわからないんだが」

「まー、ぼちぼち趣味で音をいじってたしなー」

エンジニア席にどっかりと腰を下ろして、音井さんはＰＣを起動させた。最近収録したらしい曲の編集作業中だったのだろうか、大きなモニタに波形っぽいものが映ってる。

「使ったことない機材も多いけど、いじってるうちに覚えるだろー」

「そういうもんかもな」

言われてみたら俺もこの半年間、グラフィックソフトやテキストエディタの使い方を覚えてしまった。それどころかオズの書いてるプログラムのコードも、完全に理解するのは無理だが、何となく読めるようになっていた。

もちろん自分で組めるわけじゃないし、理解の深さも中途半端《ちゅうとはんぱ》だけど……。

「ブースのほうも見ていいですか?」

「おー。見ろ見ろー。むしろ小日向にはそっちのが大事だしなー」

「ありがとうございますっ」

ぺこりと頭を下げると、興奮でかすかに頰《ほお》を上気させた彩羽が小走りに奥のブースへ向かった。

俺も彩羽の後からついていく。

収録ブースの中は広々としていた。見回してみるとマイクや吸音材、天井《てんじょう》にも照明やカメラ、スピーカー等が目に入る。用途がよくわからない置物みたいなものもあるけど……音の反射をどうこうする的なやつだろうか?　うーん、わからん。

彩羽はおずおずとマイクに近づいていき、一瞬、コントロールルームにいる音井さんのほうに目をやった。

試してもいいですか？という意味の目配せだ。

収録ブースとコントロールルームは互いにガラス窓を通して覗けるようになっている。

視線に気づいた音井さんが首を縦に振ったのも、こちらからハッキリ見えた。

「あー、あー、あー。聞こえてますか、音井さん？」

『おー、バッチリー』

天井のスピーカーから音井さんの声が聞こえてきた。

「へえ、こうやって外と中でやりとりするんですね」

『ひとりで収録するときはヘッドホンつけてもらって、ウチからの声はヘッドホンから聴こえるようにするけどなー。そこのスピーカーを使うのは大勢で一斉に録《と》る必要があるときぐらいかなー』

「そっか、そういうパターンもあるのか」

収録ブースの中には、マイクが複数置かれているし、壁際のところにソファもある。

そういえば声優の収録について調べたとき、大まかに個別録りと掛け合いの二種類のやり方があるって話があった。

複数の役者がひとつ所に集まって、相手の演技に対応しながら自分の演技をぶつけていくのが掛け合い。これはアニメやドラマＣＤの収録などに多いらしい。

逆に声優ひとりひとり別の時間に収録し、編集を経て作品に組み込んでいくのが個別録り。

ゲームなどに多く、アニメでも演者全員の予定を合わせるのが困難だったり、特別に感染症が警戒される時期なんかは個別録りになることもあるという。

『小日向の場合は、掛け合いはほぼなし……って感じになるのか？』

「ああ……ちょっと、事情が事情なんで」

『親にバレないように声優活動なー。オズにもまだ伏せてるんだっけか』

「実はそうなんだ」

オズには彩羽の勧誘は失敗したと伝えてある。ただ、俺から親にバレないようにこっそりと娯楽に触れさせるってことと、俺たちのゲーム制作に理解は示してもらえたってことだけを伝えて、もうわだかまりはないと理解してもらった。

彩羽の話を聞く限り、母親にとっての地雷は娯楽に触れることそのものよりも、娯楽に影響されて演技をしたり、真似事《まねごと》をすることにありそうな気がする。

だとしたら仮にどこかで娯楽に触れてる、までなら最悪バレても致命傷にはならない。

いちばん知られちゃいけないのは、声優活動。――オズに隠し事するのは気が引けるけど、母親に隠し通すためには家族であるオズには教えられなかった。

これは俺と友達の妹――彩羽だけの秘密なのだ。

あっ、厳密に言うと音井さんと橘とスタジオに入り浸りがちな一部の限られた《紅鯉無尊《クリムゾン》》メンバーは知ってるけど。

元不良だけあって、総長からの「絶対に漏らすなよー。漏らしたらぶっ殺すぞー」という掟《おきて》を忠実に守ってくれている。

「お手数かけてすみません……。なんか私、いろんな人に迷惑かけてますよね……」

『はは、気にすんなってのー。どーせこのスタジオは作る気だったしー』

大らかに笑ってみせる音井さん。

テキトー感あふれる態度が目立つ音井さんだが、こういうときは本当に心強かった。

『それよりアキさー。彩羽以外の声優はどうするんだー？　掛け合いは無理として、ネットで探す感じかー？』

「いや、その必要はない。……声は全部、彩羽が担当するから」

『とはいえなー、ゲームに声入れるってなったらひとりじゃ無理じゃんか。男キャラもいるし、出せる声にも限界があるだろー？』

「そう思ってた時代が俺にもあったんだが」

『？』

不思議そうに瞬《まばた》きする音井さんから目を離し、俺はふたたび彩羽のほうを見る。

彩羽はビクリと背筋を伸ばして、緊張した笑みを浮かべた。

「わ、私はいつでもいけますよ。やれと言われれば」

「ああ。……さっそく、音井さんに見せてやってほしい」

「は、はいっ。えっと、音井さん。急で申し訳ないんですけど……収録を、お願いしてもいいですか？」

『……なるほど、なー。──よし、いいぞ』

彩羽の問う声に含まれた、スパイス程度に香る挑戦的な匂いに気づいたのか。音井さんの口にも好戦的な笑みが浮かぶ。

『見せてみろよ、おまえの実力ってやつをさー』

俺と彩羽だって、この半年間、スタジオの完成を指を咥《くわ》えて待っていたわけじゃない。

素人なりに積み上げてきた努力の結晶があり、そして──。

小日向彩羽という、才能の開花があったんだから。

＊

半年、時間を遡る。

俺が彩羽の役者活動をサポートすることになった翌週の出来事だった。

放課後、俺は交換したばかりの彩羽のＬＩＭＥアカウントにメッセージを送り、家に呼び出した。

オズにバレないようにこっそり家を抜け出して俺の家に足を踏み入れた彩羽は、出迎えた俺を見るなりこう言った。

「やっぱりヤリモクだったんですね」

「待て、どうしてその結論に至った」

出会い頭に不名誉な称号を与えられ、すかさずツッコミを入れた。

まずはその警戒するような半眼をやめてほしい。

「君をプロデュースするよって誘ってからたった数日で自宅に呼び出す……こういうのは大体、このあとに『ぐへへ』展開がありますよね」

「その認識はおかしい！　エンタメに触れてないくせにどこで覚えたそんなの⁉」

「橘さんと絡《から》むようになってから、こっそりスマホのマンガアプリで……」

「教育に悪すぎる……あのなぁ、コンプラの厳しさが叫ばれる昨今、ンな下衆展開はリアルでそうそう起きないっての」

「中学生がゲーム作ろうって時点でリアルじゃレア展開ですよね。すでに珍しいことが起きてるので、何が起きても不思議じゃないです」

「くっ、否定しにくい理屈を持ってきやがって……」

まあ、男に対して警戒心が強いのは立派な心掛けだとは思うけど。実際、よこしまな野郎がゼロってわけじゃないだろうし。

でもいざ自分をその警戒対象にされると、クッソめんどくさいんだよなぁ。

「鍵《かぎ》もかけないし、常にスマホを構えてていいし。すこしでも怪しい挙動を見せたら通報していいから。とにかく入ってくれ」

「……わかりました。そこまで言うなら」

怖がらせないように距離を取りつつ、俺は自宅の中に彩羽を招き入れた。

通した先はリビングだ。

もともと女子を自室に招く気はなかったけど、彩羽の警戒っぷりを見るにその判断は正しかったんだろう。

リビングのテーブルにはあらかじめ部屋から持ち出してあった本が数冊置かれている。

「適当に座ってくれ。飲み物は？」

「睡眠薬を盛られる可能性を考慮して遠慮しておきます」

「『遠慮』より手前の情報、せめて心の中だけで思ってくれないか？」

はあ、とため息をつきつつ、自分のぶんの飲み物だけ用意する。

冷蔵庫を開けてトマトジュースの瓶《びん》を取り出し、愛用のグラスに淹《い》れる。

両親が気に入って定期的に通販で買っている商品だ。そのへんのコンビニやスーパーで市販されているものじゃない。家にあるからって理由で俺もよく飲んでいた。舌がすっかり馴染《なじ》んでしまっているため、両親が海外へ行った現在も毎月の定期購入を続けていた。

トマトジュースを手にテーブルに戻る。

ちょこんと椅子に座っていた彩羽が、じーっとテーブルの上の本を見つめていた。

「大星先輩、これって」

「タイトルからお察しの通り。演技の参考になりそうな資料だよ」

「やっぱり……え、もしかして大星先輩が買ったんですか？」

「まあな。おまえの小遣《こづか》いを使うわけにいかないだろ？　こういう本、家には置けないだろうし」

「自分の部屋に隠したらバレないと思います」

「いや、バレる。絶対にバレる」

「や、やけに断言しますね」

「おまえは母親という生き物の恐ろしさを知らないんだ。いいか？　全国の男子は皆、知ってることだが……ベッドの下だろうが本棚の裏だろうが、どんな巧妙な隠し方をしたところで、母親は必ず見つけ出してくる」

「は、はあ。そういうもの、ですか」

いまいちピンときてない様子の彩羽。……まあ、この話に共感されても困るが。

「でも、たしかに家の中は危険かもですね。ママ、家を空けること多いですけど、だからこそ油断したときにポロっとバレちゃいそう」

「だろ？　だから基本的に演技に必要な資料や道具は俺の家に置こうと思ってる」

「なるほど。……それを口実に、私を定期的に呼び出すと」

「口実って言うな。必要ないなら俺だってこんな誤解されそうなことしたくないっての」

「ふぅん……なら、いいですけど」

すこし細めた目に疑いの色を宿す彩羽。

しかしすぐに目を逸《そ》らして、ぼそりと小さな声で言う。

「ごめんなさい。せっかく私のためにいろいろ用意してくれてるのに、変に疑ったりして」

「お、おう。……まあ、年頃の女の子には必要なことだろ。うん」

しおらしくされたら、こっちも突っかかる理由は何もない。

彩羽のこういうところは優等生らしいというか、清楚《せいそ》でお淑《しと》やかな後輩女子という感じで、正直グッとくるものがあった。……って、そういう感情はふたりの関係においてご法度だよな。

実際、彩羽は魅力的な女子だと思うけど、俺と彼女の関係は絶対に間違いが起こらない信頼でしか成り立たないんだ。

彩羽が俺のことを警戒しなくてもいいように、安心して俺に時間を預けられるように、俺はしっかり感情に線を引く。

そう決めた。

こうして俺と彩羽の、ふたりだけの秘密の時間は始まった。

時には本を参考に発声練習をしたり。

「あーあーあーあーあー。……こういう練習、本当に自分のレベルアップに役立ってるのか、いまいち信用できないんですけど。どうしてもやらなきゃ駄目ですか?」

「駄目に決まってるだろ。声帯の共鳴はすべての基礎! 声帯の使い方を体に叩《たた》き込《こ》むべし! ……ってこの本に書いてあるし」

「うーん……じゃあ、大星先輩もやってくださいよ」

「は? なんで俺?」

「もし意味がなかったら私だけやり損じゃないですか。本当に意味があるかどうか自分の体でも確かめてください」

「たしかに……効果を体感できたほうが自信を持ってトレーニングメニューを組めそうだな」

「じゃあ一緒にいきましょう。──あーあーあーあーあー」

「あーあーあーあーあー」

時には現役《げんえき》女優による解説動画で演技のテクニックを磨いたり。

「『演技をするとき感情を表現しようとしてはいけない』って、この方は言ってますね。これ、どういう意味です？」

「説明が足りなくてわかりにくくなってるな。えーっと、近いことを話してる人の詳しい解説を探してみるか。……お、見つけた」

「私も見たいですっ。どれどれ……『人の感情は一定ではなく常に揺らいでいる。自分の担当する役のシーンに入る前に表現されるべき感情をあらかじめ用意してしまうと必要な瞬間まで感情が続かずに落ち着いてしまったり、前後の感情が不自然になってしまう』……なるほど、わかりました」

「……語尾にカッコ書きで（わかってない）とくっついてそうな反応だな」

「バレましたか……」

「同じ怒りでもリアルの人間の怒りにはグラデーションがあるだろ？　ちょっとずつイライラしてきて、積み重なっていき、ちょっとした刺激で昂《たか》ぶりが最高潮を超えたら怒りが爆発《ばくはつ》する。怒り0から怒り100にとつぜんなるわけじゃないんだ」

「あー……最初から『怒るぞー！』と準備しちゃうと、不自然に100から行っちゃったり、逆に100になるのが早すぎて大事な瞬間に50くらいまで下がっちゃう可能性がある、みたいな」

「そう。だから基本的にはフラットっていうか、肩の力を抜いてふだんの自分と同じフリーな状態で挑んだほうがいいらしい」

「なるほどですねー」

「まあ、このへんは彩羽の場合、意識しないほうがうまくいくのかもしれないけど」

「と、言いますと？」

「こっちの動画を見てみ。憑依《ひょうい》型の芝居についての説明があるんだけど、これを極めてれば、たとえばシーンに入る直前のそのキャラの精神状態にいつでもチューニングできるわけでさ。彩羽ならこっちが向いてると思うぞ」

「難しそう……」

「いや、わりと最初からできてるから」

「意識したことないから、いつかポーンと全部抜けちゃいそうで怖いですね……」

「そうならないように、自分の才能を言語化していこうぜ。せっかく先人の知恵がいくらでも見れる時代なんだしさ」

「そう、ですね……。わかりました！　頑張ります……！」


時にはリビングのテレビで映画を流して鑑賞会をしたり。

「う、ううっ……幸せな結末でよかったよぉ……」

「ああ、巧みな構成だったたな。伏線の回収も見事だったし、途中で事あるごとに映されていた形見の斧《おの》もメタファーとして機能していた」

「後半、もうふたりは出会えないんだとばかり……ああもう、泣かされちゃうなんて悔しすぎますっ」

「役者の演技力も及第点だよな。この世界をリアルに感じられる、真に迫った演技。ちょっと露骨に棒読みなやつが混ざってたのが残念だけど」

「クライマックスのアクションも熱かったですよね。胸がぐぐーってなっちゃいましたっ」

「ただ十代の少女があの大きさの斧を振り回すのはなぁ……。ファンタジーな世界観なら気にならないけど、現代舞台だとリアリティがなぁ……」

「…………」

「…………」

「――大星先輩、映画の見方ヒネすぎですよ！」

「おまえこそ、ただ感動するだけじゃ駄目だろ。学びを得なくてどうする！」

「初見は素直に楽しんでもいいじゃないですかーっ」

時にはアニメを無音で流してアテレコごっこをしたり。

「私がやると、なんか偽物っぽくなっちゃいますね。役にしっかり入ってるつもりなんだけどなぁ」

「すでに他の声優さんが声をあてて、ある意味、完成してる姿を見てるからな。それを自分の声に挿《す》げ替えたらそりゃ違和感あるさ」

「どうしたら自然になりますかね」

「いや、自然にしなくていいんじゃないか。意識して元の声優さんに寄せたらただの声真似になるだろ」

「あー……そっか。そうなっちゃいますね……」

「いったんこのアニメの続きを見るのやめて、原作漫画を最新話まで読み込んでみるのはどうだ？」

「……それはどういった狙《ねら》いで？」

「原作を読んで彩羽なりにキャラを解釈してみるんだよ。で、自分だったらどう演じるかだけを考えて役作りして、もういちどアテレコする。今度はアニメの最新話を一度も見ずに、ぶっつけ本番で。台詞《せりふ》は俺があらかじめ書き出しておいてやる」

「すると、どうなるんです？」

「わからないか？　——元の声を気にせず、彩羽のキャラで演じられる」

「なるほど……っ」


と、そんなこんなで俺と彩羽は、毎日のように時間を積み重ねてきた。

そして、彩羽は。

小日向彩羽という、女優は。

――開花した。

＊

ふたたび、カレンダーを半年分めくる。

始業式の放課後、音井家の音響スタジオにて。

収録ブースの中には彩羽。コントロールルームには俺と音井さん。

ガラス越しに見える彩羽が演技を終えて仮収録用の台本を膝元《ひざもと》に置いた。ホッとしたように息をついている。

そんな姿を眺めながら……俺は人知れずグッとこぶしを握りしめた。

手応えアリ！　そう思って音井さんのほうをちらっと見る。

「はー……」

深々と椅子に背中を預けて、音井さんは長く息を吐き出した。

咥えているチュパドロの棒を、上下にくいくい動かしながら。

「マジかー……ちょっとこれ、予想以上にすごいのが来たなー」

感極まったようにそう言った。

当然、俺はドヤ顔である。

「だろ？　ふふん」

「なんでおまえが得意気なんだー？」

「専属マネージャー、あるいはプロデューサーだからな。俺が育てたと言っても過言じゃない。……いや、過言だったわ。もともと才能あったし、あいつ」

「ドヤった後に素直に認めるとか珍しいイキり方だなー。知らんけどー」

「ほんのちょっと貢献した事実だけわかってもらえりゃ満足なんだよ」

100パーセントの手柄を主張したいわけじゃないけど、かと言ってゼロと言われるのも嫌だ。我ながらあきれるほど小市民な感情だけど。

「けど一回収録してみただけで才能の有無なんてピンとくるんだな。音楽だけじゃなくて演技にも詳しいのか？」

「んや、芝居全般の知識はさっぱりだなー」

「なんだよ、テキトー言ってただけか」

「そーでもないぞー。演技はわからんけど、音にはこだわりあるからなー」

「音？」

「ああ。演技力とは別の能力だと思うんだが、小日向の『声』なー。めっちゃ綺麗《きれい》な音がするんだわー」

「綺麗、か。よくわからない感覚だな。上手《うま》い下手なら何となくわかるんだが」

「音そのものの質っていうんかなー。まーウチ、育ちがいいからさー」

「育ちなんて関係あるのか？」

ピアノ弾《ひ》けるとか絶対音感があるとかだったら育ちの良さが関係しそうではある。

だけど音井さんに特別そういう能力があるって話は聞いたことがない。

「あるある。ほら、ウチの家って古い日本家屋じゃんよー。これさ、じいちゃんのじいちゃんの時代からの建物でさー」

「あー、だからこんなに年季が入ってるのか」

「そゆこと。でまー、ウチもこう見えてわりとじいちゃんっ子でなー」

「あー、だからそんなに……いや、何でもない」

「『枯れてるのか』って言おうとしなかったかー？」

「キ、キノセイデスヨ」

心の声を正確に読んでくるそういうところが枯れてるっぽいんだよなぁ。

「まーそれはともかく」

「お、おう」

「小さい頃からじいちゃんにいろんな場所に連れてかれてさー。声楽や管弦楽団、歌舞伎座に宝塚……伝統あるっぽい芸能の舞台はほとんど全部通ってたなー」

「マジかよ。さらっと言ってるけど、それってすごい経験じゃないか？」

「恵まれてるよなー。おかげで耳が肥えちゃってさー」

からからと軽く笑う音井さん。

日本で同じ経験をしてる高校生はなかなかいないだろう。

「で、まー、ウチの身の上話は置いといて、だ。そんな肥え肥えの耳を持ってるウチが、特別綺麗な音って表現してるわけだ。——小日向の声、半端《はんぱ》ないぞー」

「そうか……半端ないか……」

「アキ？　どうした、うつむいて、ふるえてるぞー」

「ふ、ふふ、くくく……そうか、半端ないか……」

「アキ……？」

音井さんが珍しく困惑したような顔で、俺の顔を覗き込んでくる。

そんな彼女の表情さえ可笑しく感じて、ますますこみ上げてくる感情が高まっていく。

「そうかそうか、半端ないか！　だよな！　音井さんもそう思うよな！」

「お、おう」

テンション高く音井さんの手を握り、激しく上下運動。

「珍しく盛り上がってんなー。いきなりどしたー」

「彩羽の才能を分かち合える人間、語り合える人間がこれまで誰もいなかったんだよ……」

「あー」

俺の友達はオズだけ。そのオズに説明できない以上、彩羽の役者活動（ゲームにおいては、声優活動）について話せる相手は皆無なわけで。

共通の推しを応援するオタクを見つけたら誰でもこうなる。俺だってこうなる。

「定期的に彩羽の推し語りをさせてくれっ」

「やー、ふつうにヤなんだがー」

「なんで⁉」

「めんどいからー。こういうのはひとりで浸る派なんだわー」

「くっ、いかにも音井さんらしいことを言いやがって」

「てか、ただでさえスタジオ代無料でゲームの収録をやらせてやる上に、音声編集までウチがロハで担当するんだぞー。これ以上を求めるとか、さすがにおんぶにだっこのヒモ野郎にも程があるんじゃないかー？」

「ぐは……正論すぎて何も言えねえ……」

実際、ご指摘通り。

俺たちの活動に音井さんの協力は不可欠だ。彼女にこれ以上を求めようと思うなら、相応の対価が必要だろう。

こういうときは好物で釣るのが鉄則だと俺の脳内漫画知識データベースには記録されている。

「チュパドロを奢《おご》る代わりに、とか、どうだ？」

「却下ー。毎月大量に通販で買ってるから間に合ってるんだわー」

「くっ。うちのトマトジュースみたいなことしやがって……」

「てか、金や物で釣るのは無理ゲーだろー。ウチ、金持ちだしなー。欲しいものは買えばいいしなー」

正論すぎる。

「そこをどうにかならないか？」

「知らーん」

飴玉《あめだま》の消えた棒を口からぺっと吐いてゴミ箱に捨てると、音井さんはテーブルの上に置かれてたスタンドから新しいチュパドロを抜いて包装をやぶき、ふたたび口に咥えた。

在庫は充分ってことらしい。

考えろ、俺。

音井さんはチュパドロが好き。何故好きなのか。口の中の寂《さび》しさをまぎらわせることができるから？　……それもあるだろう。

だが、それだけか？

単純に甘いものが好きだから。……こっちも正解なんじゃなかろうか。

そして、「金はあるから欲しいものは買えばいい」という彼女の発言。……本当にそうか？

ものぐさで面倒を嫌う音井さんの性格に、何かこの事態を突破するヒントが隠されている気がする。

「……！　そうか、わかったぞ！」

「んー？」

「通販じゃ買えない、特別な店のスイーツを差し入れる。……これでどうだ？」

「……ほほう」

音井さんの目の色が変わり、俺はYES！　とガッツポーズ。

「自分で買いに行くのは面倒だろ？　俺が買ってきてやる。それで、スタジオの使用権および彩羽の推し語りをする時間と交換ってことで」

「おけおけ。乗ったー。それでおけー」

「早ッ！　即答かよ！」

判断が早い、というと優秀そうに聞こえるが、絶対適当なだけなんだよなぁ。

まあ俺は得してるし、いいけど。

と、俺と音井さんが密《ひそ》かに契約を交わしていると、収録ブースから彩羽が出てきた。

「音井さん。筆箱ありがとうございましたっ」

「おー。適当にそのへん置いとけー」

「了解ですっ」

彩羽は収録開始前に借りていた筆箱をテーブルの上に置いた。台本に自分なりのメモを残したり、音響監督のディレクションで脚本の修正が生じた場合は、その場で手書きで直す必要がある。筆記用具は収録の必須アイテムなのだ。

「ところで、どうでしたか、私の演技?」

自身に降ろしていた役を落としたばかりだからか、あるいは初めてのスタジオ収録で興奮しているからか、彩羽の声は上ずっていて、目は落ち着きなく動いていた。

彩羽の顔は汗でびっしょりだ。ノイズを防ぐために収録中は基本的にエアコンを点《つ》けない。腹から声を出せば当然体力も消耗するし、汗もかく。本気で取り組んだ証拠、その結晶こそがこの汗だ。

「最高だったぞ。ほれ」

「あっ。ありがとうございます」

俺が差し出したハンドタオルを受け取り、顔を拭う彩羽。雨に濡《ぬ》れた犬が顔を拭かれる姿を想像してしまい、ぷっと笑いが漏れた。

「?　どうかしましたか、大星先輩?」

「いや、何でもない。よく頑張ったな、と思ってさ」

「頑張るも何も仮収録ですけどね。……ただ、大星先輩以外に演技を見られるのは初めてでしたし、スタジオを提供してくれるっていう音井さんにどう評価されるのか気になって。そこはちょっと、緊張しました」

「ハハ。べつにクソみたいな演技でも貸し渋ったりしないってのー。たぶんなー」

音井さんの「たぶん」は世界一信用ならないんだよなぁ。

「でもまー、良かったぞー。……小日向の声には、才能を感じたよ」

「本当ですか⁉」

「ああ。間違いなく、ウチが持ってない才能を、持ってる側の人間だ」

そして、一拍空けて。

音井さんは続けた。

「浅黄《あさぎ》たちと同じでなー」

「え？　橘さんと？」

「そ。もともとあいつらが音楽できるように支援しようと決めたのも、まー、ウチじゃあ辿《たど》りつけない場所に行けるやつらだって、確信したからだしなー」

「……音井さん自身は、目指さないんですか？」

「ウチは無理ー。こう見えて耳が肥えてるんでなー。自分の音にはセンスがないってことも、わかっちまうんだわー」

彩羽は返す言葉を失くして、困ったように俺を見た。

見られても、俺にだってうまいフォローの言葉は見つからない。

ただ、素直に胸の奥から出てきた台詞があった。

「わかる、わかる」

「おー、アキはわかるかー」

「ああ。俺も最近、それを感じてたんだ」

俺はこの半年間でさまざまな経験をしてきた。

演技の知識を勉強し、彩羽のトレーニングに付き合い、時には掛け合い練習のために自分も声優の真似事をしてみたり。

オズと一緒にゲームのアイデアを考え、仕様書をまとめて基幹部分を構築したり。

シナリオの善し悪しを判断するために物語の基礎を独学で学び、外注のシナリオライターと熱い打ち合わせを繰り返したり。

イラストの善し悪《あ》しを判断するために（中略）したり。

ＵＩの善し悪しを（以下略）。

とにかく学習を重ね、その道一本で活動する人間と交流していく中で、俺の中である想《おも》いが生じていたんだ。


絶対、敵《かな》わねえ……と！

どれだけ学んでも俺の能力は良くてその道の平均点止まり。他のクリエイターと真っ向勝負して勝れるような天才じゃないのだ、と。

だから、俺は――。

そしてたぶん、音井さんも――。

「才能を支える道を進みたい、だろ？　わかる。めっちゃ共感する」

「それなー。やっぱアキは気ぃ合うわー」

「はっはっは。俺も音井さんは不思議と他人な気がしないんだよなぁ」

「似た者同士なのかもなー。知らんけどー」

和気あいあいと互いの絆《きずな》を確かめ合う俺&音井さん。男女の好きとか嫌いとかとはちょっと違う。不思議なシンパシーがあった。

「……じー」

「おっと、すまん彩羽。ついマネージャーサイドだけで盛り上がっちまった」

「あ。謝らなくていいです。仲良しは素晴らしきですし、どうぞどうぞご自由に」

彩羽は両手で何かを譲るようなしぐさでそう言うと、「ただ――」と言葉を続けた。

「――仲良しなのに、大星先輩はずっと『音井さん』呼びなんですね」

「下の名前知らないし、もうこれで慣れてるからな」

以前に聞こうとしたとき、何故《なぜ》か音井さんが不機嫌になったんだよな。

馴《な》れ馴れしくされるのが嫌だったのか、よっぽど自分の下の名前が気に入らないのか知らないけど。

「音井さんはアキって呼んでますし、大星先輩も『麗紅《れいく》』って下の名前で呼んだらいいのに。そしたら二人の仲はもっと進展……って、あれ？」

無邪気な考えを口にしていく最中、空気の変化を察した彩羽がふと言葉を止めた。

「…………」

時が、止まっていた。

音井さんの目が凍りついていた。

俺は、そういえば以前にクラスの名簿で見た音井さんの下の名前、カッコいい漢字だったよなぁ、『麗紅』なら確かにあてはまるなぁ、と溶けた顔で考えていた。

「小日向。どこで知った？」

「えっ、何をですか？」

「ウチの名前」

「ああ、それなら……さっき筆箱を借りたじゃないですか。そこに名前が書かれてたんですよ。フルネームで――」

彩羽はテーブルの上のそれを指さしながら言う。

「音井麗紅《おといれいく》って」

「ちょっと黙ろうか、小日向？」

ガシっと彩羽の肩をつかむ音井さん。ドスが利《き》いててめっちゃ怖い。不良かよ。

いや、不良だったわ。ちょっと前まで、だけど。

「下の名前で呼ばれるの嫌いなんだわ」

「嫌いって、どうしてです？　素敵な名前なのに」

「理由は何でもいいだろー」

「麗しい、紅色。綺麗な響きじゃないですか」

「仏の顔も三度までって言葉、知ってるか？」

「ひっ」

空気を読まずに素朴な疑問を投げ続けていた彩羽も、ギアをもう一段階上げた脅しオーラにはさすがにビビったらしい。

「とにかく記憶を消して、『音井さん』と呼べー。いいな？」

「は、はい」

こくこくと素早く首を縦に振りまくる彩羽。

力関係が確定した瞬間だった。

不良でもそうじゃなくても恐怖と力で支配してるような気がする……けど、気づかなかったことにしよう。うん。

それにしても音井さんはどうして下の名前を嫌がるんだろうなぁ。

音井麗紅。俺も、音井さんらしい力強さと優雅さを兼ね備えた素晴らしい名前だと思うけど。

うーん、わからん。

——と、そんな些細《ささい》な決裂の危機がありつつも、俺と彩羽と音井さんの密約は成立した。

ここから長いこと秘密を共有し、パートナーとして協力し合っていくことになるのだが……

このときの俺は、まだ当面の活動ができるという事実だけで満足していた。

＊

『ああ！　そうだった、そうだった。音井さんの名前、思い出した。麗紅だ、麗紅。音井麗紅。長いこと呼ばなかったせいで記憶から綺麗に消え去ってた』

『……音井さんの気持ちがわかった……こ、これはたしかに……隠したい……』

『でも不思議だよなぁ。いま思い出しても良い名前なのに。なんで嫌がるんだろう』

『アキ、本気で言ってるの……？』

『え、本気だけど』

『や、だって。おといれいく、って。おトイレ——ううん、やっぱり何でもない』

『？　よくわからんが、自己解決したならまあいいや』

『音井さんの名誉のために、気づかなかったことにしなくちゃ……おかしい……隠し事ゼロでいこうって決めてこの観覧車イベントに臨んだはずなのに、なんでこんなしょうもない秘密を抱えることになってるの……』

『真白《ましろ》が外を見ながらブツブツ言ってる……どうしたって言うんだ、いったい……』

第7話・・・・友達の妹が俺にだけ近い

放課後のチャイムが鳴り響き、担任教師がＨＲの終わりを告げた瞬間に俺《おれ》は席を立った。

すると、今年も同じクラスになったオズが気づいて声をかけてくる。

「今日も彩羽《いろは》と？」

「ああ。放課後、ちょっと約束しててな」

「ここのところほぼ毎日だね。アキの部屋にも通ってるんでしょ」

「《紅鯉無尊《クリムゾン》》に入って自由な時間を楽しむ権利を奪っちまったもんだからな。せめて娯楽にこっそり触れさせてやろうかと」

「なるほどねぇ」

――うーむ。

俺の『嘘《うそ》』が通じたかどうか、オズの無機質な表情からは読み取れないなぁ。

すべてを見透かされてる気もするし、逆に何も意に介してないようにも見える。

まあ、どっちでもいいさ。いずれにしても俺は彩羽を売れない。責任を持って、嘘をついていくしかないんだから。

「あっ、そうだ。帰る前にひとつ報告。シナリオとイラスト、チェック終わったよ」

「おお、もう済ませたのか。さすがだな、オズ。昨日お願いしたばっかなのに」

「学校の隙間《すきま》時間があったからね」

「理想的なくらい効率的なやつだ。最高かよ」

シナリオやイラスト等を発注するのは基本的にはプランナーとして全体をまとめる俺の仕事だ。

しかし、ゲームが最終的にすべてプログラム上で動作するものである以上、プログラマーの目で問題の有無を確認してもらう必要があるのだ。

たとえばシナリオならゲームに実装可能な演出となっているか、フラグ管理が適切かどうか。たとえばイラストなら想定しているプレイ環境で問題なく使用できる画素か、３Ｄに起こした際に負荷のかかりにくいデザインかどうか。

特に俺たちがいま作ろうとしているのは、スマホで遊ぶ、キャラが魅力的な脱出ゲームだ。

大事なのは、スマホで遊ぶ、の部分。

スマホはＰＣや家庭用ゲーム機よりもさらに機種が多く、総スペックのうちの何パーセントをゲームに割いているかも読みにくく、動作確認が難しい。ゲーム自体の重さもかなりシビアに調整しなければならない。

世にあふれるスマホゲームの数々がことごとくリリース即メンテナンスになっている以上、

自分たちだけ大丈夫なんてたかをくくれるわけもなく。

そんなわけでオズには負担をかけるなぁと思いつつも、エンジニア視点でのＦＢ《フィードバック》コメントを戻してもらうことにしたわけだ。

「サンキュな、オズ。次はサーバー周りのところを頼む」

「うん、やっておく。じゃあね」

「ああ。またな」

言葉は短いが、淡白じゃない。これが俺とオズの関係だ。

一分でも早く帰宅してプログラムをいじりたいんだろう、オズは早足で教室を出て行った。

結局、オズに三年生になっても俺以外の友達ができた気配はない。部活に入ることも委員会に入ることも遊びに出かけることも彼女を作ることもなく……それらを望むこともなく、時間が過ぎている。

きっと中学を卒業するまで変わらないだろうし、オズにとってそれが幸福ならべつにそれでいいと思う。

「よし、俺も行くか」

誰《だれ》に聞かせるでもなく言うと、俺は教室を出るのだった。


学校を出て、すこし歩いたところにあるコンビニの前に彩羽はいた。

どうやらひとりじゃないらしい。彩羽の横には金髪ニット帽ピアスの不良女子——もとい、シンガー女子の 橘《たちばな》 の姿。

「あ、大星《おおぼし》先輩。こっちです、こっち。遅いですよ」

「すまんすまん。オズとちょっと仕事の話をしてた。橘も久しぶり」

「うぃッス。お元気そうで何よりッス」

咥《くわ》えたアイスの棒をぴょこぴょこ動かして、橘はそう挨拶《あいさつ》した。

音楽活動に集中して音井《おとい》スタジオに通い詰めてるせいか、不良時代に輪をかけて音井さんの影響が色濃く出てる。丸パクリでチュパドロを咥えるのでなく棒アイスに変えてるあたりは、橘のアーティスト気質が垣間《かいま》見えて微笑《ほほえ》ましい。

俺はふと彩羽の首にヘッドホンがかかっているのに気づいた。どうやらさっきまで頭につけていたものを、俺の姿に気づいて外したところらしい。

たぶん橘の私物を借りてるんだろう。家で音楽を聴く環境がない彩羽がそんなものを持っているわけもないし。

「新曲のデモテープか？」

「いえ、ふつうに流行りの曲を聴かせてもらってただけです」

「さては『Ｄｅｍｏｎ《デモン》』だな」

「なんでわかるんですか⁉」

「つい最近観たドラマの主題歌だから。影響されやすいやつめ」

「うう、見透かされてる……悔しい……」

不服そうに唇をとがらせる彩羽。

その横で橘が笑う。

「彩羽あるあるッスよ。センパイと観《み》た作品の主題歌はすぐ聴きたくなるみたいで」

「へえ。その度に橘から聴かせてもらってるんだな」

「そゆこと。自分ちで聴きたい音楽も聴けないってホント不便スよねー」

俺もそう思う。

しかし音楽を聴きたいなら言ってくれれば家でも聴けるように環境を整えるのに。これまでその手のおねだりをされたことはないんだよなぁ。

橘にお願いするからそこまでは俺に求めなくていい、ってことならべつにいいけど。

もしも変な遠慮をしてるならその必要はないんだが……。

「しかし彩羽め、すっかりセンパイに懐いてるッスねー。今日もこれからデートっしょ？」

「デ、デートじゃないよ。何言ってるの、橘さんっ」

ヘッドホンを返してもらいながらにひひとからかうように笑う橘と、赤面し、あわてて否定する彩羽。

「えー。二人で遊び行くんしょー？」

「それはそうだけど……もごもご」

橘のやつ、わかっててイジってやがるな。彩羽の困ってる様子を見て楽しんでるんだろう。

仕方ない、助け船を出してやるか。

「おいおい橘ぁ。良くないいなぁ？ オズにフラれたからって、妹に八つ当たりするのは」

「ぬあ⁉」

今度は橘のほうが赤面爆発《ばくはつ》。やはり予想通りこのウザ女、攻めるのは得意だが守るのは苦手らしい。

「何ヶ月も前の話をいつまで擦《こす》る気ッスか⁉」

「弱味があるくせに彩羽をイジるのが悪い」

「ぐ、ぐぐぐ……うるせーッスね！ アタシはアーティスト活動に集中するからいいんだよっ。恋愛にうつつを抜かしてる場合じゃねーの！」

「うんうん。そうだね、そうだね」

「くそぉ……理解を示した大人の対応っぽいのがムカつくぅ～」

「はっはっは。これに懲りたらありもしない色恋話をでっちあげるんじゃないぞ」

笑いながら子ども扱いするように橘の帽子をぐりぐり押し込む。

そう、時間の流れをすっ飛ばす過程で省略したが、数ヶ月前に橘浅黄《あさぎ》は失恋した。

とはいえ仕方ないとは思う。

何せ相手はあの小日向乙馬《こひなたおずま》である。正直、俺と仲良くしてくれてる事実さえ奇跡的なわけで。恋愛してる姿なんてとても想像できないわけで。

仲のいい二人が付き合ってくれたらと俺も応援していたのだが、そうはならなかった以上、オズに無理強いする気はない。

橘も、失恋は悲しかろうがオズの態度からうすうす玉砕を察してたからか引き際は潔かった。

いまだにその事実に不服そうなのは——彩羽だけ。

「というか橘さんをフるとか、お兄ちゃんはセンスなさすぎるよ」

「い、彩羽。その話はいいってば。アタシも納得してるしっ」

「でもフリかたもひどかったでしょ。『君と恋人になることに興味が持てない』って。橘さんの気持ちも考えないで、最低だよ」

「や、むしろあれぐらいハッキリ断ってくれたほうがスッキリするし」

「でもそれ以来、橘さん一回もうちに来ないじゃん。私との関係、悪くなってるじゃん」

「う……や、それはフラれたからだけじゃなくて、音楽活動が忙しいのもあるからさ……」

「でもフラれる前は毎日のようにうちに来てたよ」

「うぐ……そ、そのときは小日向センパイに会いたくて会いたくて……って、言わせんな！」

「橘の味方のようでいて実は彩羽が一番攻撃力高いよな」

橘をかばうつもりで完全論破してるんよ。

「おっと。そろそろ移動するか」

「そうですね。人目も増えてきましたし」

帰宅中の生徒の姿がちらほら見えてきたので俺は話を切り上げた。

彩羽は美少女なのでかなり目立つ。橘が調べたところによると、二年生の中では男子からの人気も高いらしく男の俺と一緒にいる姿を目撃されたらあらぬ噂《うわさ》を呼びかねなかった。

べつにコソコソ隠れて交流しているわけじゃないが、いらん誤解が広まるのは好ましくないからな。

子どもの噂を通じて奥様同士の井戸端会議で議題に上がったりしたら、最悪、彩羽の母親の耳にも俺の存在が届きかねない。彩羽がやろうとしてることが母親にバレるリスクは、すこしでも減らしておかなければ。

「これから映画館に行くんだが、橘も来るか？」

「映画？」

「ああ。『死神探偵ドイル』シリーズの最新作、けっこう話題になってるから気になってさ」

「キッズ向けじゃないッスか」

「——と、思うだろ？　でも最近はむしろお姉様がたに人気らしいぜ。それにミステリーものだけあって、毎回物語の展開も骨太なんだよ」

娯楽のため……でもあるけど、目的の半分はもちろん勉強のためだ。

俺が挑戦しようとしているゲームのジャンルは、脱出ゲーム要素があり、なおかつキャラの魅力を大切にしたキャラゲーでもあるもの。謎《なぞ》やトリック、そして幅広い年代に支持されているキャラ造形……『死神探偵ドイル』シリーズには、そのすべてが集約されている。

参考にしない手はないってやつだ。

「で、どうする?」

「うーん……誘ってくれたのはうれしいッスけど、やっぱ遠慮しとくッス」

「橘さん、まだ私と大星先輩が付き合ってるとか、そういうこと言うつもり? 全然違うから気にしなくていいのに」

「や、そーじゃなくて。アタシこれから姐御《あねご》んちでカンヅメなんスよ」

「カンヅメ? 部屋にこもって作業に没頭するやつか?」

「それッス。実は今週中に何本か新曲のデモ版を送らなきゃいけなくて。……けっこうな大物に見せる予定なんで、手ぇ抜けなくて」

「大物!? すごい。橘さん、いつの間にそんな人と?」

「そりゃあ実力っしょー。才能見つかっちまったーみたいなー……ってのは冗談でー。ふつうに姐御の紹介ッス。へへへ」

「だとしても一流の人に聴いてもらえるなんて、本当にすごいよ。そうとも知らずに、邪魔しちゃってごめんね?」

「ちょ、やめろって。遠慮されたら居心地悪いっしょー？ ま、そーいうわけだからさ」

そう言って橘はチラリと俺を見る。

「今日はここでお別れってことだな。……了解。偉い人に認められるように頑張れよ」

「へへ♪ 合点承知ッス！」

照れくさそうに鼻の下をこすってから、ふんぬと力こぶを見せる橘。

微笑ましいしぐさを見せると停《と》めていた自転車のスタンドを強く蹴《け》って、舞うようにサドルに飛び乗ると、彼女は颯爽《さっそう》と去っていった。

そんな背中を見送って、数秒。俺と彩羽の間に微妙に沈黙の時が横たわる。

……さっき橘にからかわれたせいで、妙に意識しちまうな……。いまさらお互いに二人きりを照れるような仲でもないってのに。

沈黙が長引けば長引くほどこそばゆさも長引く気がして、俺は口を開けた。

「よ、よし。それじゃ、行くか」

「は、はい。い、行きましょう」

付き合いたてのカップルかよ！ってぐらいのぎこちなさ。

違う違う。俺と彩羽はそういうのじゃない。

役者とプロデューサーは恋愛禁止、意識するのも失礼。我に返れ、俺。オーケー？ よし、深呼吸完了。問題なし。

俺たちは隣町との境ぐらいの場所にあるショッピングセンターにやってきた。

目的は最上階の映画館。そこへ向かう途中の通路を歩き、エスカレーターに乗っている時間は妙な居心地の悪さを感じた。

平日の夕方、人通りはけっして多くないが同い年の中学生か高校生ぐらいの客がちらほらと見えて、同じ学校のやつに目撃されたら嫌だなぁと、自意識過剰は重々承知で身構えてしまう。

実際、視線は感じた。

何せ隣を歩いているのは同じ中学の制服に身を包んだ美少女である。すれ違ったら振り返るのは必定だ。もっとも気にしてるのは俺だけで、恋情《れんじょう》の視線を向けられるのも日常なんだろう彩羽は余裕そうな表情。

むしろ周囲の視線よりも俺のほうが気になるのか、特に会話が弾んでいるわけでもないのに数秒おきにこちらに目をやってくる。

プロデュース生活を始めてからもう半年以上経《た》つのに、まだ警戒されてるんだよなぁ。

だから俺もなるべく彩羽をじろじろ見ないように気を遣うわけで、ますます周囲の人間が目に入り、視線も気になってしまうわけで。

ままならないな、まったく。

映画館に着いた。

俺たちは券売機でチケットを買うと、飲み物とポップコーンを買うべく売店の列に並んだ。

「何にする？　奢《おご》るぞ」

「や、奢りとかは、いいです。自分のぶんは自分で払うので」

「そうか。なら割り勘で」

「はい」

そのあたりはかなりきっちりしてる。

いいことだけど、すこしぐらい甘えがあってもいいのになぁと思わなくもない。

……もっとも、甘えられまくって奢らされてもウザいだろうし、それなら今のままのほうがいいけど。

バランスって難しいな。

「うーん……コーラ、にしようかな……。こういうところって、あんまりバリエーションないですよね」

「まあ所詮は映画のおまけだしな」

「大星先輩はもう決まってるんですか？」

「トマトジュース」

「そればっかりですね！　ていうか映画館のドリンクでトマトジュースなんかあるんですか」

「ないわけないだろ。ない映画館には通わないし」

「ほ、本当だ。メニューにある……」

「健康的だし、オススメだぞ」

「……正直、そこまで推されると一回試してみたくなりますね。ごくり」

「試せ試せ。若いうちに失敗を恐れてどうする。何でも試すもんだぞ」

「なんでおじさん目線なんですか、一個しか違わないのに」

「一個も違えば大きな違いだろ。来年俺は高校生だが、おまえはまだ中学生なんだからな！　はっはっは」

「むう……。じゃあ、私もトマトジュースで」

何が『じゃあ』なのかわからないが、彩羽もどうやら俺の宗教に染まってくれる気らしい。

唇をすこしとがらせたまま、彩羽は訊《き》く。

「で、ポップコーンの味は？」

「もちろん、塩味の塩抜きだ。健康にいいからな！」

「ほ、本気で言ってます？　……まあ、大星先輩がそれがいいなら、いいですけど」

「ん？　他の味が食べたいなら合わせるぞ。べつにそこまで強い信念があって塩味の塩抜きにこだわってるわけじゃないし」

「だ、大丈夫ですよ。気を遣わないでください」

なんて言いつつ、彩羽の視線はあきらかにメニューの写真——キャラメル味に向いていていて。

目は口ほどにものを言う、がこんなにわかりやすいシーン、初めて見たかもしれん。

「やっぱ甘いモン食べたくなってきた」

「え？」

「カロリーなんて知らん。キャラメル味でいこう」

「すごい手のひら返しですね」

「細かいことはいいだろ。彩羽は、キャラメルでもいいか？」

「……では、それで。私も食べたかったので……」

ばつが悪そうに目を伏せ、小声ながらも確かに彩羽はそう言った。

素直じゃないなぁ……と思うけど。

役者の繊細な感情を汲《く》み取って、うまくケアするのも俺の仕事のうちってことで。


飲み物とポップコーンのトレイを手にスクリーン7と書かれた部屋に入った。

本編前のＣＭが流れる銀幕を横目に頭を低くして自分の席へ向かう。

ごめんなさい、と断りを入れつつ、すでに座っているお客さんの膝《ひざ》をまたぐようにしながら。

前から数えて真ん中らへん、左右で見ても真ん中らへん――つまり完全なド真ん中。

最もスクリーン全体が見渡せる、個人的にお気に入りの鑑賞スポットだ。

「えっと、この椅子《いす》って……あ、あれ？　わ、わわっ……」

「不器用すぎだろ」

「だ、だって、跳ね戻ってくるから……！」

「ほら、押さえといてやるから。はよ座れ」

映画館にありがちな体重をかけていないと勝手に座席がたたまれてしまうやつ。手こずってる彩羽に代わり、手で押さえてやると、彼女はおずおずとお尻《しり》を下ろした。

無事に座れて、ホッと息をつく。

「あ、ありがとうございました……危うく周りから変な目で見られて、居たたまれない気持ちになるところでした」

「椅子の仕組みくらい直感的に理解できそうなもんだが」

「そう、なんですかね？　こういう椅子、初めてだったので……ぜんぜんわからなくて」

「あー……」

確かに、初めてなら仕方ないのかもしれない。自分がどうやって仕組みを理解したのかと訊かれたら、明確に答えられないと思う。幼少期に両親に連れてこられたから自然と覚えていたのかも。

だとしたら、親にこういった施設に連れてこられた経験がない彩羽は――。

知らなくて、当然じゃないか。

「悪い。決めつけた」

「あ、いえ。ぜんぜんヤな気持ちになったり、してないですし」

「でも、自分の判断で謝る。揶揄《やゆ》して悪かった」

「……大星先輩って、ホント変な人ですね」

感心をあきれで割ったような中間の表情で彩羽は言った。

自分でも変な自覚はある。

特に彩羽と交流しているときは、変レベルは当社比150パーセントくらいになっているんじゃなかろうか。

踏み込みすぎないように。傷つけないように。これまでの人生で、ここまでやったことあるか？ってぐらい、最大限の繊細な気遣いをしてる。

そりゃそうだろ。だって、友達の妹だぞ。

何か間違いが起きてこじれたら、友情までまとめて吹き飛ぶんだ。爆弾処理班の如《ごと》き慎重さを求められるに決まってる。

ブザーが鳴り、場内が暗くなった。

上映前の宣伝ラッシュが終わって、本編が始まる合図だ。俺は彩羽から視線を外して背筋を伸ばし、スクリーンに集中した。

超長期連載の名作アニメ、『死神探偵ドイル』の劇場版。

前評判通りの出来栄えか否か、お手並み拝見といこうじゃないか！

——やっべえ、滅茶苦茶《めちゃくちゃ》クオリティたけぇ……。

中盤ぐらいの二回目の山場を過ぎたあたりで俺は、しみじみとそう実感していた。

この時点で二回ビルが爆発してるのがもう最高。エンタメにおいて火薬は正義。興奮した。

キャラも魅力的。日常パートで見せる主人公のとぼけた一面と事件が起きてからの真面目《まじめ》な顔のギャップが大きくて、見ていて飽きないし、小学生なら素直に好きになれそうだ。

周りを固めるキャラたちもそれぞれデザイン、設定、性格ともに少年心に刺さる、ワクワクするもので。

さらに興味深い謎の提示、前のめりになるぐらい先が気になる物語展開——。

まさに人気要素の見本市だ。

……が、しかし。

そんな素晴らしい映画にもかかわらず、俺の作品への没頭具合はそれほどでもなかった。

何故《なぜ》かといえば。

おぉ……！　と感嘆してる楽しそうな顔。

そんな……と嘆いている悲しそうな顔。

あわわ、そ、そこでキスを……？　と恥ずかしそうな顔。

悪役めぇ……！　と義憤に駆られた、怒ってそうな顔。

エトセトラ、エトセトラ。

隣の彩羽が場面ごとに見せる百面相が面白《おもしろ》すぎて、つい定期的に目を奪われてしまったからだ。

さすがに私語厳禁の映画館で感想を声に出したりはしてないが、とにかく顔がうるさい。

登場人物に完全に感情移入してるのか、反応もいちいちオーバーだ。

まあ感受性が豊かってことだろうから、役者としてはこれでいいんだろうけどな。


「はぁ〜面白かったぁ〜」

「楽しめたみたいで何よりだ」

映画が終わり、スクリーンを出るなり満足げに体を伸ばす彩羽に俺は安堵《あんど》まじりに言った。

たとえ映画がつまらなくても俺の責任じゃないけど、誘った手前、楽しんでもらえなかったら普通にへこむからな……。

「公開されたばかりの映画だと配信サービスで観れないし、たまには映画館もいいもんだろ」

「ですね！　声優さんの演技もすごく勉強になりましたっ」

興奮気味に声を弾ませる彩羽。いつもよりテンションが高い。

それとも誰にも遠慮しない自然体の彩羽は、これぐらいの調子だったりするんだろうか？

せっかく前のめりになってるし、この機会に会話を掘り下げてみるか。

「特にお気に入りのキャラは誰だった？」

「二十面相《トゥエンティフェイス》ですねっ！　喫茶店の店員と秘密警察と犯罪組織と某国スパイと内閣情報調査室と探偵と学生とホームレスとその他二十個ぐらいを演じ分けるあの人っ」

「あー、女性人気すごいよな。……演じすぎてワケわかんなくなりそうだけど」

「何かもうカッコよすぎて」

「ほほう。彩羽もやはりイケメンに弱いと見える」

「顔っていうか、職業とか設定ですね。カッコよくないですか？　二十面相。あんなふうに、いろんな人生を生きれたら楽しそうですし」

「ある意味、役者と同じか」

「ですです。少年心がくすぐられるっていうか、ワクワクするっていうかっ」

厨二心《ちゅうに》、ともいう。

「意外だな」

「……何がです？」

「や、そういうワクワクは男特有のものかと思ってた。女子はそういうノリ、冷めた目で見るものかとばっかり」

「あー大星先輩いけないいんだー。いまの時代、その価値観は大炎上モノですよ」

「マジで⁉」

「男女差で語りすぎですよ。女の子にああいうカッコよさが理解できないと思ったら大間違いですから」

ふん、と、彩羽は不機嫌そうに鼻を鳴らした。

「や、馬鹿《ばか》にしたつもりはなくて。もうちょい大人っぽいものが好きなんじゃないかと勘違いしただけでっ」

俺はあわてて弁解した。

彩羽の機嫌を損ねたかもしれない事実に、服の中にぶわっと汗が広がる。鏡を見たらたぶん顔が真《ま》っ青《さお》になってると思う。

すると、彩羽は。

「ぷっ……あはは！　真面目に受け取りすぎですって」

弾《はじ》けたように笑って、俺の体をぱしぱしと軽くたたいてみせた。

「私、怒ったらこんなもんじゃないですよ？」

「……どうなるんだ？」

「ガン無視です。口も聞いてやりません」

「想像するだけで心がえぐられるな……」

「そうならないように、しっかり心掛けてください♪」

「お、おう」

それは本当に気をつけないとな。

と、あらためて自分に言い聞かせようとしたところで、ふいに彩羽が舌を出した。

茶目《ちゃめ》っ気たっぷりに。

「なんて、調子に乗りすぎました。ごめんなさい」

「……そこで一歩引くあたり、彩羽だよなぁ……」

「あはは。調子乗ってお説教ポーズとか、私らしくないですからね」

「ははっ。そうだな」

相槌《あいづち》を打ってから、疑問が脳裏をよぎる。

——本当にそうか?

らしさ、を語れるほど、俺は本当の小日向彩羽を知っているんだろうか。

映画館フロアのエレベーターに乗って下に降りる間ずっと、そんな思いが頭にからみついて離れなかった。


「あ、そうだ」

商業フロアに降《お》りてすぐ、俺はふと思い立って彩羽を振り向いた。

「ちょっと買いたいものがあるんだった。フードコートで待っててくれないか?」

「あっ、ちょうど私もお手洗いに行きたくて」

「じゃあいったん別行動。フードコートで合流して、軽く茶をしばいてから帰ろう」

「茶をしばくって……なんでいきなり関西弁?」

「ハッ! 自分でも完全に無自覚だった。『ドイル』に出てた関西弁キャラの口癖がうつったのかもしれん……」

「ぷっ、何ですか、それ。影響されすぎですけどっ」

そう笑ってみせると彩羽は、それじゃあ、と告げてトイレへと駆けていった。

影響されすぎって、おまえに言われたくねえよ、どうせ帰ってから映画の主題歌を聴きたくて仕方なくなってるだろ。——と、ツッコミを入れる暇もなかった。

まあいいや。

それにしても彩羽のやつ、意外と意趣返しが好きというか。俺にひと泡吹かせるような台詞《せりふ》が増えてきたよな。

奥ゆかしいフリして、本性は案外負けず嫌いだったりするのかもな。

まったく、女子って生き物はまだまだわからないことだらけだ。……おっと、こんなことを言ったらまた炎上案件とか指摘されかねん。南無阿弥陀仏《なむあみだぶつ》、南無阿弥陀仏。

「……さて、俺も行くか」

善は急げ。兵は神速を貴ぶ。

——大事な用事は、早めに済ませなくちゃ。

＊

大事な用事を済ませた後、俺は彩羽と合流してからショッピングセンターを出た。

最寄り駅に着く頃には太陽は完全に建物の向こう側に沈んで消えて、周囲は夜の闇《やみ》の中に沈む……ことはなく、月明かりと街灯でしっかり道が照らされていた。

景色ってのは、些細《ささい》な違いで大きく印象を変えるものだと、俺はふいにそんなことを思った。

細い光だけが頼りの夜闇の道。

隣には山吹色の髪を甘くなびかせた、友達の妹。

歩き慣れた道のはずなのにまるで自分が不良生徒になってイケナイ裏道を歩いているような気分になってくる。

そしてそんな雑念に囚《とら》われてしまう自分の未熟さを自覚させられると、ますます後ろめたさが重くのしかかるわけで。

右手に提《さ》げたビニール袋の、物理的な重みも増した気がして。

「そういえば、大星先輩」

「ん？」

「それ、何を買ったんです？」

「まだ内緒」

俺はもったいぶってそう答えた。

「ふぅん。まあいいですけど」

彩羽は興味なさげにそう言った。

絶対嘘《うそ》だ。興味なかったら質問するはずがない。

だけど彩羽は本当に興味を失ったようにビニール袋にちらりとも目をくれず話を続けた。

「今日はありがとうございました、大星先輩」

「おう。……と言っても、お礼を言われることは何もないぞ。べつに奢ったわけでもなし」

「そうなんですけど、ひとりじゃ絶対来ませんでしたし」

「まあ、そりゃそうかもだが。……あんま感謝を拒否ってもアレだし、素直に受け取っておくか」

「はい、受け取っておいてください」

くすりと笑いながら言う。

そして彩羽は、空を見上げた。大きな白い月が出ていた。一瞬、かぐや姫、って単語が頭の中に浮かんだ。

自分でも何故だかわからない。だってかぐや姫と言えば、結婚相手を探すために無理難題を吹っかけるお姫様の象徴だ。

小日向彩羽という女の子のイメージとは全然結びつかないわけで。

「お兄ちゃんが言ってた意味、なんとなくわかった気がします」

「……オズが？　俺のこと、何か言ってたのか？」

「はい。『アキと一緒にいると、明るく照らされたような気持ちになる』──らしいですよ」

そう言って、彩羽は頭上の夜空を指さした。

「星みたいですよね、先輩。大星先輩だけに」

「ギャグかよ」

と、ツッコミを入れながらも照れくささを覚えている自分がいた。

ただの名前に、そんなふうに意味を見出されたのは初めてだった。

というか、彩羽が見ていたのは月じゃなくて、星のほうだったのか。

俺なんて、大きすぎる月ばっかりに目が行って、その周りで細々と光るだけの星なんて目にも留まらなかったのに。たとえ一番星だって、太陽や月に比べたら小さすぎる。見る価値もないものにしか思えなかった。

「お兄ちゃんと、久しぶりに話したんです。家で」

「そうなのか」

彩羽の台詞に、俺はちょっとホッとした。

疎遠だと聞いていた。その関係は不健全だと思った。だからすこしでも会話して距離を縮められたなら、本当に喜ばしいことだと思う。

「ゲーム制作を楽しんでるみたいですよ。将来はゲームを作って生きていきたいって……驚きました。未来のこと、話せるんだ、この人……って」

「この人……」

「トゲ、感じます？」

「そりゃあな」

「ですよね。でもそう表現するしかないぐらいの距離感だったんですよ。お兄ちゃん、私にもママにも興味なさそうで」

だったらこっちも無関心になるだけ、か。

人間関係は鏡の反射みたいなもの。好意を向ければ好意が返り、敵意を向ければ敵意が返る。

無関心なら当然、相手も無関心に。

そうして小日向家からは会話が消えていったんだろう。

「オズはどうしてそんな無関心になったんだろうな……やっぱり発明に没頭してるからか？」

「どうだろう。……目の前の発明にも、そんなに興味ないいんじゃないかって思うんですよね」

「どうしてそう思うんだ？」

「部屋で作業してるお兄ちゃんの姿を見たことがあるんです。洗濯物や食事を部屋に届けたりはしてて、そのときに——」

ひと呼吸ぶんだけ、ためらうように言葉を区切って。

彩羽は続けた。

「――無表情で、つまんなそうに機械をいじってたんです」

「……なんだって？」

予想外の言葉だった。

俺の知ってるオズは、ＰＣや機械の前では常に楽しそうにしている。

つまらなそうな顔をしてる姿なんて想像もできない。

「何かの間違いじゃないのか？　たまたま虫の居所が悪かったとか」

「って大星先輩は思ってるんですよね。ってことは、たぶん大星先輩にだけなんですよ。楽しそうな顔を見せてるの」

「俺にだけ……」

「ゲームを作ってるお兄ちゃん、これまでで一番楽しそうでした。ゲームだとプログラムだけを書けばいいわけじゃないし、ロボットとか変な発明品を作れるわけでもないじゃないですか。それなのに、こんなに楽しそうで、やりがいを持ってやれてるのは……大星先輩と一緒だから、なんじゃないでしょうか」

「……俺なんて、ただの友達だぞ？」

ただ、オズの能力がすげえと思って、近くでもっとアイツの作るものが見たかっただけで。

好奇心を抱いただけの一般人だ。正直、誰だって代わりになれる星屑《ほしくず》のひとつでしかない。

「なら、好奇心を向けてくれる人だったのかもしれませんね。お兄ちゃんが求めてたのは」

「我が身を省《かえり》みず、ってノリの天才が？　まさか」

まさか。そんな普通の人みたいな承認欲求に突き動かされてたって？

んなわけないだろ。あのオズだぞ。

没頭したら深く潜り込んで出てこない、俺みたいな凡人とは紙一枚ぶんズレた世界で生きる人間。天才と呼ばれる人種。俺からの承認なんざ興味ないだろうに。

………………。

いや、でも、そうか。

俺は俺の視点からしかオズを理解できないもんな。

妹の目から見たオズがそうだっていうなら、それもまたオズのひとつの側面なのかもしれん。

「将来はゲームを作って生きていく……か。オズならたぶん、引く手あまただろうな」

「大星先輩も絵の道で」

「却下！」

「えー。私は好きなのになぁ」

「見たいならおまえにだけ個人的に見せてやるっての」

「じゃあさっそく今日にでも！」

「安売りはしねぇよ！」

＊

マンションに着いた。エレベーターで5階に上がってすぐ、俺は家の鍵《かぎ》を取り出しながら言う。

「彩羽。帰る前にちょっとうちに寄ってってってくれ」

「……それは、送りオオカミ的な……」

「違うから。用事も1分で終わる」

「1分で終わるタイプの犯罪者という可能性も」

「そ、そこまで早くねぇよ。……って言わせんな、こんなこと！」

「あはは、冗談ですって。はいはい、ついていきますよ」

まったく……心臓に悪いイジり方するなよ。橘じゃあるまいし。

いやまあ、橘のウザさと比べたら彩羽のイタズラ心なんて可愛《かわい》いもんだけど。

いざ、我が家の玄関へ。

「ただいまー」

「ただいまー」

「……彩羽が『ただいま』言うのはおかしくないか？」

「ツッコミ細かいですって。気分ですよ、気分。――で、何の用です？」

「ああ、それな。共用廊下だと誰かに見られたらまずいから入ってもらったんだが……ほれ」

手に持っていたビニール袋を掲げて見せる。

両手で受け取った彩羽は、えっ、と目を丸くした。

その袋にプリントされたロゴは、ショッピングセンター一階に入っていたゲームショップのもの。

そして中に入っているのは、周辺機器の売り場にでかでかとオススメと謳《うた》われていた商品。

「ヘッドホン……」

赤っぽい色のヘッドホン。最新のモデルで、音質も機能もかなり充実してるらしいそれは、硬いプラスチックの中に収まった状態で開封されるときを待っていた。

実質プレゼントになってる事実に照れを感じ、俺は目を逸《そ》らして頬《ほお》を掻《か》く。

「余計なお世話かとも思ったんだが……あったら便利だろ？」

「で、でも、家に置いとけないですよ」

「わかってる。だからこのヘッドホンは、常に俺の家に置いておく」

「えーっと、つまりいままでみたいに映画を見せてもらったりゲームで遊ばせてもらったりしてるのと同じ感じで、大星先輩がいるときにお家にお邪魔して、音楽を聴かせてもらえるってことですか？」

「違う」

彩羽の控えめな予測を、ハッキリと、きっぱりと、俺は否定した。

「それじゃ橘にヘッドホンを借りて音楽を聴いてるのと同じだろ？　自立してるとは言えない状態だと思うんだ」

「じゃあ、どうするんです？」

「こうするんだよ」

俺は玄関の壁にかけてあった壁かけ時計の蓋を開けた。ちょっとした収納スペースにもなるように設計されてるこの時計の中には、大星家にとって大切な物が保管されている。

それは――。

「ほら。コイツを持ってけ」

「鍵、ですか……？」

「ああ。合鍵《あいかぎ》な」

「これがあればおまえの意思で、おまえの好きなタイミングでうちに来て音楽を聴ける。音楽だけじゃなくて、声優の勉強をしたり、エンタメに触れるのも自由にできる。……もっと早くそういう環境が必要だって気づいてやれればよかったんだが」

「い、いいんですか？　それ、大星先輩、過ごしにくいんじゃ……」

「常識的な使い方をしてくれりゃ大丈夫だ。ノックもなしに俺の寝室に突撃してきたり、深夜早朝問わずに忍び込んだり非常識なことしたら怒るけど……彩羽に限ってそれはなさそうだしなぁ」

合鍵を共有するか否か、俺はずっと迷っていた。

さすがに距離を詰める提案すぎるか？とも思ったし、プライベートが脅かされる可能性も考えなくもなかった。

だけど今日、橘のヘッドホンを借りてる彩羽を見て……なに悠長なこと考えてたんだろうと、自分が恥ずかしくなったんだ。

触れたい音に触れるために友達を頼らなきゃいけない。彩羽みたいな、人の顔色を気にかけすぎるような子が、そのおねだりをする精神的コストを想像したら、その重圧は計り知れない。毎回どれだけメンタルを削って、友達への申し訳なさを感じながらヘッドホンを借りていたのか。

オズならきっとこう言うだろう。

それは合理的じゃないよね。非効率的だよね。――と。

オズの友達として。小日向彩羽のプロデューサーとして。最善を尽くし、最高効率を目指さなくてどうするんだよ。

「いちおうオズにも話を通して、オズと合鍵を交換したことにしておこうと思う。彩羽がうちで役者の勉強をしてるってことはオズにも説明できないわけだから……友達の妹と合鍵を交換する合理的な理由なんてないわけで。万が一合鍵を持ってることがバレたら面倒だ」

「エンタメに触れさせてもらってる、で説明つきませんか？　そのことはお兄ちゃんも知ってて、了承してますし」

「自由に出入りすべき理由としては弱い。俺がいるときだけでいいだろって話になる」

「うーん。お兄ちゃん、そんなツッコミ方しますかね？」

「もうひとつ。合鍵をオズの部屋に置いといたほうがいい理由がある」

え？　と首をかしげる彩羽に、俺は真面目な顔で続けた。

「母親対策だよ」

「あ……」

「話を聞いてる感じ、母親はオズに対しては関心が薄いんだろ？　彩羽への締めつけに比べたら」

「それは、そう。ですね」

「隠し場所として最適だ」

勝手に隠れ蓑《みの》に使われるオズからしたら大迷惑かもしれないが。

そのぶん俺も誠心誠意あいつのために活動するってことで、勘弁してもらおう。

さて、問題は――。

「…………」

――彩羽が気に入ってくれるかどうか、だ。

さんざん持論を垂れ流したが、彩羽にとって迷惑だったらただの自己満足行為でしかない。

「大星先輩って、ホント……変ですよね」

「うっ」

胸を押さえてダメージに耐える。

駄目だったか？　合鍵とヘッドホンの併せ技はさすがにキモさが勝ったか？

いまさらながら心臓がどくんどくん騒ぎ出し、ばきゅんぶきゅん飛び出しそうになった。

そして、そんな俺の心配は。

「ありがとうございます。大星先輩」

杞憂《きゆう》だ、と……すぐにわかった。

大切そうにヘッドホンを胸に抱えた、彩羽の笑顔のおかげで。

「さっそく使ってみたいんですけど、お邪魔してもいいですか？」

「あ、ああ、そうだなっ。使い心地とか確かめないとなっ」

「はい。お邪魔しますね」

くつを脱いで我が家に入ってくる彩羽。もう何度も見た光景だが、いまはタイミングが悪い。

心臓に、悪い。

HEAD
PHONE
OUND

――ええい、邪念よ去れ！　邪念よ去れ！　プレゼントと言っても機材の貸与ってだけだ！　福利厚生！　福利厚生！　個人的好意ではない！　断じて！

そう自分に言い聞かせながら彩羽を連れて、俺はCDプレイヤーのある自室へと向かった。

いまどきCDプレイヤー？と人からは思われそうだが、両親のお下がりだ。

まだスマホで音楽を聴くのが一般的じゃなかった時代からうちにあり、惰性で使っているに過ぎない。

「CD……私これ初めて見ました。フリスビーみたいですね」

「投げるなよ？」

「投げたくなる見た目してるのに」

投げたらさすがにしばく。体罰厳禁の時代でも多少許されるだろう、それは。

「稼げるようになったら彩羽専用のスマホも買ってやる。しばらくはレトロで我慢してくれ」

「贅沢《ぜいたく》言ったらバチ当たりますって」

素晴らしき謙虚さでそう笑い、さっそくヘッドホンをつけて音楽を聴き始める彩羽。

ワクワクしてCDを吟味する姿に俺までほっこりしてくる。

娘を持つ親の気持ちって、こういうもんなのかなぁ。

と、人生で最もお花畑な脳味噌《のうみそ》になりながらPCを立ち上げた。

はしゃぐ娘を背中に在宅仕事を始める休日お父さんの気分を味わいつつ、メールを確認。

かなりの数のメールがきていた。

送信元は外注依頼先のシナリオライター、イラストレーター。あとは、オズが彼らに送ったメールがCCで届いていた。

そういえば今日、プログラマー視点でのフィードバックを戻したとオズが言ってたっけ。

きっとその件だろう。

「……え？」

楽観的な気持ちでメールを開いた俺は……思わず、マウスにかけた指を止めてしまった。

本文を詳しく読むまでもない。

単語の使い方、語尾、文章の至るところに滲《にじ》む感情、それは。


――怒り、だった。


「おいおいおい……何だよ。何だこれ……」

迸《ほとばし》るような敵意、敵意、敵意。

攻撃的な文章の波に晒《さら》されたのは、人生で初めてだった。

胃液がこみ上げてくるような不快感。クレームって、こんなに精神が削られるんだな。

「大星先輩？　どうかしました？」

異変に気づいた彩羽が小首をかしげる。そんな何気ないしぐささえ今の俺にとっては救いに感じられて。

俺は、引きつった笑みで。

無意味で、情けないだけの、ただの弱音に等しいひと言を、吐き出した。

「やばい。完全にトラブった」

差出人：太郎丸花子アンダーソン
件名：シナリオのＦＢと今後のお取引について

ＡＫＩ様

お世話になってます。シナリオライターの太郎丸花子アンダーソンです。

先ほど私の提出したシナリオへのＦＢを確認させていただきました。

プログラマーのＯＺ氏による「的確で」「極めて専門的な」「微に入り細を穿《うが》つ」「崇高なご指摘」を賜り、誠にありがとうございます。

せっかくのご意見ですが、「プロとしての最低水準も満たしていない」「ゲームを理解できていない」私のような木っ端ライターではＯＺ氏の求める水準を満たすことは不可能でございます。ＡＫＩ様には申し訳ありませんが、本案件から辞退させていただければと。

私が何故このようなことを言うに至ったかについては、ＯＺ氏の私に向けたコメントを読んでいただければ理解できるかと思います。

今回の件、同じコンテンツを作る仲間として信用されていないのだと思い知らされ、とても悲しく、残念です。

※以下、長文のお気持ち表明が続いている。

差出人：うっふんプリン
件名：正直、不信感を抱いています

ＡＫＩ様
いつも大変お世話になっております。イラストレーターのうっふんプリンです。
ＯＺさんについてご相談があり、メール差し上げました。
先ほど頂戴した修正依頼ですが、ＡＫＩさんはコメントの内容を確認されているのでしょうか？

私のキャリアに対する侮辱としか受け取れないような書かれ方をしていて、とても心外です。

※以下、長文なので略。

――と、怒り心頭の二人に、胃がよじれそうになりながらメールを返した。

誠心誠意、申し訳ない気持ちを込めて。火に油を注《そそ》がぬよう細心の注意を払って。

怒ってる相手をケアするストレスはもちろん大きかったけれど、何よりも精神が削れたのは別の理由だった。

その際、オズの書いたコメントを読んでみたが……。

俺の目から見ても、確かに彼らが怒ってしまうのも無理がないと思えてしまう文章が並んでいて。

言い訳の余地ないその事実が、何よりもしんどかった。

何往復かメールのやり取りをしてひと区切りつくと、俺は緊急離脱する戦闘機のパイロットの勢いで椅子から飛び上がり、大の字で床に倒れ込んだ。

「ぶはぁ！　耐えたぁ！」

「お、お疲れ様です。ホントしんどそうですね……」

「おっと、彩羽。まだいたのか」

「ひど！　大変そうな大星先輩を心配して様子を見てたのにっ」

「あー、すまん。余裕なくて、つい……いてくれてサンキュな」

「まったくもう……」

あきれたようにため息をついて、床に倒れる俺の頭の横、彩羽が正座した。

ひざ枕《まくら》みたいな構図だ。ふとももに頭は乗せてないけど。

「で、どうだったんです？　トラブルは無事に解決しました？」

「決着はついたが、解決とは呼ばない気がする」

「……どういう意味です？」

「——引き止められなかった。シナリオライターとイラストレーター、どっちも降りた」

「ええ⁉」

悲鳴に近い声で驚く彩羽。わかる。俺だって悲鳴を上げたい。

でもどうしようもなかったのだ。それだけ俺たち発注側と受注クリエイター側との信頼関係は崩壊していた。

言葉を尽くそうと電話させてくれと懇願しても、かけてくんな、無駄に時間を奪う気か？

クレーマー扱いしてるだろ、と取りつく島もなく……。

結局、未完成のままシナリオ担当とイラスト担当が消えたという結果だけが残った。

「さっき耐えたって言ってませんでした？　全然耐えれてないような」

「心が折れずに最後までメールのやり取りができたって意味だよ。……途中でポッキリいって既読スルーかましてもおかしくないのに、よくやりきったなっていう」

「そ、そうですか……。まあでも実際、大変でしたよね……」

「悪いな、醜い一部始終を見せちまって」

「いえ、勝手に見てたのは私ですし」

彩羽は放置されたＰＣの画面をちらっと見て。

「お兄ちゃんが何かやらかしたんですか？」

「ああ……オズとは仕事したくねえってよ」

「そう……ですか……」

寝ながら見上げた彩羽の横顔は切なげで。

ゲームを作っているお兄ちゃんが楽しそうだった——と語った彩羽の言葉を思い出して、俺まで胸のところがギュッとなる。

順風満帆とはいかない、とは思っていたけど。

こうしてあらためて現実を目の当《ま》たり《あ》にすると、想像以上に厳しくて。

オズと友達として付き合うだけじゃなく、オズと本当の意味で向き合うってのは、どういうことなのか。

俺自身、まだまだ見通しが甘かったのかもしれない。

「……よし！」

「え？　わわっ⁉」

俺がいきなり跳ねるように体を起こすと、彩羽があわてて背を反らした。

正座が崩れ、お代官様にイタズラされる直前の町娘めいたポーズになる彩羽に向けて。

俺は、目を逸らさずに堂々と。

「オズと話してくる。――安心しろ、俺たちのゲームは、絶対に完成させる」

そう、言いきった。

＊

「――で、こうしてお前と話しにきたわけだ。オズ」

「…………そっか」

時刻はもう深夜と呼べる頃。今日は親が出張で帰らない日らしく、小日向家は、家族でもない友達の俺が堂々と入ってこられる環境にあった。

俺はオズの部屋に来ていた。

ちなみに彩羽の姿はここにない。きっと今ごろ自分の部屋でやきもきしてるだろうな。

作戦名、『おれにまかせろ』――。

責任を持って、この場をあずからせていただいている。

合鍵交換の件を話し、同意を得て。さあ用件はこれだけかという雰囲気になってから、俺は本題を切り出したのだった。

「正直、かなりキツいコメントを返してるように見えた。あれじゃあ仲間の気分を害して当然だ」

友達に説教じみたことは言いたくない。けれどゲーム制作仲間には、言わなければならないこともある。

チームを正常に回すために。心を鬼にすべきときはある。

「どうしてあんな書き方をしたんだ？」

「…………」

オズはすこしの間、無言だった。ＰＣに表示されたメール画面を無表情で見つめている。

ＬＥＤの光の加減のせいか彼の顔には深い影がかかり、瞳《ひとみ》の色素が乏しく見える。

無、という字を煮詰めたようなその目でオズはいったい何を思うのだろう。

沈黙は唐突に終わる。

「あの書き方に何の問題があるの？」

「本気で言ってるのか」

「もちろん」

「『仕様をまるで理解できてない。とてもゲーム開発経験者とは思えない雑な仕事です』――これが煽《あお》りじゃなかったら、何なんだ？」

多少は意訳したが、オズのコメントはおおむねそんな感じの内容だった。

実際にはこの何倍もの分量で、専門用語をふんだんに使用したテキストだ。ぶつけられた側のダメージは計り知れない。

「煽りも何も事実だよ？　僕はただ事実をありのままに書いただけ」

「もっと言い方ってものがあるって話だよ。同じチームの仲間だろ」

「仲間？　……彼らが僕らの仲間だっていうの？」

「ああ。立場は外注だが、立派な仲間だ。たとえ事実でも伝え方に気をつけるべきだ」

「ちがうよ」

オズは首を横に振った。思いのほか強い眼差《まなざ》しで俺のほうを見てくる。

無、の、正反対。

強い、強い、怒りにも似た、強烈な光が瞳に宿る。

「彼らは仲間じゃない。仲間だったら、アキを騙したりしない」

「俺を……騙《だま》す……？」

予想外の感情の発露と想定外の台詞に軽くパニックになり、俺は同じ言葉をおうむ返しするしかできなかった。

「彼らは『ゲーム開発経験者』としてアキの発注を受けた。ハニプレの有名なコンシューマー作品や大手IT企業のスマホゲームといった実績をアピールしていた。表には名前が出ていないけれど、実はそれらの作品で大事な中枢を担っていた、と。彼らはそうやってアキから仕事を取っていたよね。シナリオもイラストも」

「あ、ああ……。でも実際、それらの会社での勤務歴はあったようだし、文章力や画力は事前に確認させてもらったけど問題なかったぞ」

「文章力や画力はそうだろうね。でも、ゲームは小説でもなければ絵画でもないよ」

それを言われると何も言い返せない。

俺もゲームの勉強自体はしているが、オズと比べたら知識量はミジンコレベル。

クリエイターたちの仕事が正確か否か、俺には判断できない。

「ゲームのプレイ体験を想定できていないポエムみたいなシナリオ、実機で実装困難な負荷の多いキャラデザや明らかに視線誘導の知識に乏しいUIデザイン。彼らの納品物はゲーム制作を熟知している人間とはとても思えなかった」

「仕事歴が嘘だった……ってことか?」

「正確には、盛っていた、かな。――確かに商業で仕事はしてきたけど、たぶん上流工程ではなく下流工程のみ。上から指示された通りに作業していただけで、そもそもゲームがどのように成立してるのか理解できてなかった。……よくそれでプロ、なんて名乗れるよね」

「オズ……！　言いすぎだ、それは……！」

「言いすぎ？　何の尺度だい？　僕が言ってることは、事実以外の何でもないよね？」

「それは、そうだが……」

「百歩譲って、ゲーム制作経験がなくてもシナリオ、イラストの世界で一流を名乗れるぐらいのレベルなら何も言わないよ。ただ彼らは、『賞を受賞した作家や大人気イラストレーターのようなものは描けませんが、ゲーム制作においては経験豊富です』と売り込んできたわけだよね。——大嘘だったんだよ」

オズの言葉は正論だ。

だけど、正論は正論ゆえに人の心を動かせない。人を追い詰める武器にはなれど、人を包む衣にはならないのだ。

共に仕事をする相手に、武器のように突きつけていいものじゃない。

——と、そんなふうにオズに言ったところで、きっとその心には響かないんだろう。

オズはオズの正しさを信奉し、行動している。そこに悪意なんてあるはずもない。

それどころかオズの言葉が本当なら……無知につけ込んで、経歴を偽って近づいてきた無法の輩《やから》から俺を守ってくれたわけで。守ったはずの俺に強く糾弾されたら、それこそ正論で殴られたら、オズの心はきっと傷ついてしまう。

でも。もしこんなふうにオズが無自覚に仲間を攻撃してしまうなら集団作業なんて夢のまた夢だ。

……すまん、彩羽。やっぱり諦《あきら》めるしかないのかもしれない。

「それと、もうひとつ」

「ん？」

「もうひとつ、彼らに強く当たった理由があるんだ」

ぼそりとつぶやくようにオズが言う。

アキに言うつもりはなかったんだけど、と、どこか気まずそうに目を逸らしながら。

「打ち合わせの時から不信感があって、彼らのＬＩＭＥ会話をハッキングしたんだ。そしたら、彼ら……裏で連絡を取り合っててさ。アキをカモ扱いしてたんだよ」

……え？

「中学生だからってナメてたんだ。自分らの仕事の質なんて理解できないだろう、それでいて相場より高めの金額を払ってくれる。業界のことを全然わかってないからラクだ、ってね」

実際、ネットで調べた金額より高いとは思ってた。

ただＳＮＳではクリエイターにもっと高いお金を払うべきって論調もあったし、俺もプロの仕事には敬意を持ちたかったから受け入れた。

　裏でそんな会話をされてるなんて、知りもせずに。

「それでも良い物を納品してくれたら問題なかった。人格と作品は別だからね。でも、納品物もいい加減だったから。……許せなかった」

　震えるようなオズの声に、俺は凍りついたまま言葉を発せずにいた。

　正直、クリエイターたちの裏の顔にショックを受けた……わけでは、まったくなかった。

　そっちも気になるが、それよりも、もっと俺の心に刺さったのは、オズが初めて強い感情を見せてくれたことで。

「なんだよ、オズ。おまえ……全然、優しいじゃんか」

　だからって、仕事相手に強い言葉を使っていいわけじゃないけど。

　だけどそれは感情の欠落じゃなくて、根底にはしっかり感情があってのことで。

　安全装置なく、引き鉄《がね》を引いてしまうこと。アウトプットが、極端になってしまうこと。

　オズの問題は、それだけなんだ。

「わかった。それは俺のせいだ、オズ」

「え？」

「俺が未熟だからナメられる。中途半端《ちゅうとはんぱ》だからオズが矢面に立たざるを得なかったんだ」

「や、そんなことは――」

「気遣い不要！　自分の才能のなさは自分が一番良く知ってる！」

何をやっても平均点。

勉強も五十点だの六十点だのばかり。

体力テストもクラスの真ん中ぐらい。

絵も演技もプログラム知識も素人の中で中間レベル。

器用貧乏？　そんなカッコいい単語をあてはめるのも恥ずかしいだろ、こんなん。

凡人、としか呼べないだろうが。

「いまさら天才になれるとは思えない」

だから。

「全部の能力を、平均的に底上げする」

それしかない。

全部が三流以下の現状から、全部が一流の人間になるのは無理でも。

全部が二流の人間にはなれるかもしれない。

「死ぬほど努力して、全部の平均点を上げる。プログラムの知識もそうだ。オズの域には行けなくても、平均的なプログラマーぐらいの知識を身につけて。そして——」

——お前が誰も攻撃しなくて済む環境を、作ってみせる。

＊

オズとの話を終えて部屋から出ると、ドアのすぐ横の壁に背中を預けて彩羽が立っていた。

「なんだよ、聞いてたのか？」

「そりゃあ、気になりましたし」

「盗み聞きとはいい根性してる。……ま、ああして啖呵《たんか》を切った以上、今後はマジで中途半端は許されない。彩羽のプロデュースも手抜きできないしな」

「大変ですね」

「せいぜい頑張るさ」

「大星先輩、どんどん成長してくんでしょうね……」

「何だその親みたいな目線は」

年下だろ、お前。

「や、そーいうつもりじゃないんですけどね。ただ、成長すればするほどひとりで抱えることも増えて大変そうだなって」

「それくらいなら織り込み済みだよ」

「大星先輩が、もし、支えを必要としてるなら――」

ゆっくりと、彩羽の手が伸びる。

背伸びをして、俺の頭を撫《な》でようとするように。

彩羽の顔が見えた。

慈しみと、優しさを含んだ目をしていた。

ふと、橘の言葉を思い出す。


『好きならフッー好きっぽい乙女回路全開な絡《から》みかたするっしょ。優しくしたり、可愛い姿を見せたり――』


もしあいつの恋愛観が正しいなら。

彩羽の、この行動は。

ドキドキと心臓が高鳴る。目の前の女の子の存在感が一秒ごとに大きくなって。

俺の頭に触れる、直前。

「――な、なーんて。生意気すぎましたね、私っ」

彩羽の手が、すっと離れた。

「まず私が大星先輩に負けないように成長しなきゃ」

「お互いに、な」

そうだ。浮かれてる場合じゃない。

これから目指そうとしてる自分の姿を実現するのに、時間はいくらあっても足りないんだから。

小日向彩羽。友達の妹。

何人もの他人を経由して出会い、曲がりくねった道を歩いて関係を深めてきた、可愛い後輩。

周囲の環境に忖度《そんたく》しまくって、自分の正直な気持ちを覆《おお》い隠してきた子。

道案内をするために手を握っていたら、そりゃあ情も湧《わ》くってもので。

だけど、このざわつくような感情には気づいちゃいけない。

だって。

迷子に手を差し伸べた気になってる俺も、複雑怪奇な道に迷う一匹の羊にすぎないのだから。

「ま、俺がしんどいときは助けてくれよ。――仲間として、な」

「はい！」

ちょっとふざけた敬礼と、元気な笑顔。それがあまりにも眩《まぶ》しくて。

先輩と後輩っていうこの関係の心地好《よ》さにできるだけ長く浸っていたいな……と。

そう思った。

このときの俺は、まだ知らなかった。

あんなに素直で可愛かった後輩が——小日向彩羽が、関係を深めれば深めるほどウザくなっていくようなやつだったなんて。

＊

『出して！　今すぐここから降ろして！　アキのノロケ話なんて聞きたくないいいい！』

『落ち着け真白《ましろ》！　いま頂上付近だから！　落ちたら死ぬから！』

『はあ、はあ……。酸素。酸素が欲しい……この話、まだ続くの……？』

『安心しろ、回想はもう終わりだ』

『ほっ……。ていうか一個、おかしいところなかった？』

『どの部分だ？』

『彩羽ちゃんに合鍵渡してたところ。合鍵はいざってときのためってことで、ＯＺに渡したんじゃなかったの？』

『あー、それな。実はこのときの彩羽はまだ常識があったから鍵を託せたんだが……あれからどんどんウザさを増してったから、没収してオズに管理させることにしたんだよ』

『そんな流れが……』

『ちなみに彩羽がウザくなるまでの具体的なエピソードもあるんだが、それも聞きたいか？』

『ボ、ボリュームはどれくらい？』


『文庫本にして100ページ以上』

『いらない』


『そうか。けっこう愉快な話も多くて、面白いと思うんだが』

『彩羽ちゃん大好き人間なら読みたいかもね』

『まあ、ともかく、だ。そんなこんなで俺は親の言いつけを守ってた彩羽を、強引《ごういん》に悪の道に誘ったわけだ。【母親にとってのいい子】でいる権利を奪ったんだよ』

『でも、それはいいことだよね？　……乙羽《おとは》さんがそんな人だったなんて、ショックだけど。もし、自由を奪われてたなら、それはひどいことだし』

『母親との関係が悪化するリスクを負わせたとも言えるだろ。どっちが幸せかなんて、人生の最後までわかりゃしないんだ。……だからせめて、絶対にバレないようにしたい。真白にも、信用してるから話した』

『う、うん。絶対にバラしたりしないよ。彩羽ちゃんはライバルだけど……友達だもん』

『ありがとう、真白。……そろそろ降りるか』

『……そうだね。いつの間にか外、真っ暗だし。パレードも始まりそう』

『我ながら、ずいぶん長いこと昔話しちまったな。……やべ、自覚したらだんだん恥ずかしくなってきた。俺、めちゃくちゃ黒歴史を語りまくった気がする!』

『いまさらすぎるよ、アキ……』

Tomodachi no imouto ga ore nidake uzai

友達の妹が俺にだけウザい

epilogue1

Tomodachi no imouto ga ore nidake uzai

エピローグ　グッバイ、先輩

走って、走って、走って、目的地もなくただ逃げるためだけに走り続ける。

まるで人生そのものみたいだ。と、私――小日向彩羽《こひなたいろは》は自虐的にそう思う。

巨大なお城のオブジェが見えてきて、私のつま先は四十五度カクッと方向転換。脇《わき》のほうにあるボロ小屋みたいな建物の裏手へと向かっていく。

これからの夜の時間、煌《きら》びやかにライトアップされるであろう立派なお城。その光を浴びる資格がない気がして、光が届かない薄暗い物陰に隠れていたかった。

大きなダストボックスの裏側、壁を背もたれに体育座り。

捨てたい感情をたっぷり含んだため息が漏《も》れる。

「はあ……やっちゃった……」

圧倒的自己嫌悪。

せっかくセンパイと並んで成長してきて、海月《みづき》さんにも見初められて自信もついてきたのに。

ママを前にしたら全部消し飛んじゃった。

まるで積み上げてきた積み木が真ん中からぽっきり折れて崩れてしまったみたいな。足元がぐらぐらする感覚。

「あーあ……いままで何してきたんだろ、私」

変わろうと、もの凄《すご》く努力してきたのに。

才能を認めてくれたセンパイを失望させないように、たとえどんな人間にもなりきれるように人の観察と演技の鍛錬を重ねてきたり。

お兄ちゃんの成績に合わせて成績優秀な進学校に進んだセンパイを追いかけるために、たくさん受験勉強して同じ高校に入ったり。

《5階同盟》のピンチにすこしでも貢献できるようにセンパイと一緒にアイデアを考えてみたり。

たくさん、たくさん、頑張ってきた。

ママにも正面から説明できると思っていた。

なのに、駄目だった。

ママの悲しそうな目を見たら、とてもじゃないけど役者の道を目指したいとは言えなかった。

なんであんな目をするのか、私は知らない。

でも、ママが意地悪したいだけの理由で自由を束縛するような人じゃないって、娘の私が誰《だれ》よりも一番よく知ってる。

私にも言えない理由が、何かある。それがわかっているのにワガママを通そうとする自分が、どうしても醜い存在に思えてしまうんだ。

「このあと、どうすればいいんだろ……」

ママにバレた。

役者の道を志して、活動していることがバレた。

いま逃げたところで母親なのだ、家に帰れば顔を合わせるし、連絡先だって当然知ってる。

逃げ切れるわけがない。

私の希望は問いただされ、退くか進むかの二択を迫られる。

ママに問われたとき、私は「役者を目指したい」とハッキリ言えるだろうか？

自信がない。

もし言えなかったら、どうなってしまうんだろう。

センパイや《5階同盟》の皆、音井《おとい》さんや――音楽を担当してくれてる橘《たちばな》さんたちと一緒に作品を作る時間を、永遠に諦《あきら》めなきゃいけなくなるのかな。

胸にぽっかり風穴が空いたみたいな寂《さび》しさに、体がすっと冷えていく。

この喪失感を私は知っている。

――あの日だ。

桜舞い、散る、チルな音楽が似合う、中学校舎。

センパイの卒業式の日に味わった――感覚だ。

＊

「卒業おめでとうございます、大星《おおぼし》先輩」

「おう、ありがとな。彩羽」

卒業式を終えた後、賑《にぎ》わう校舎からほど遠い大きな桜の木の下で、私は大星先輩と向き合っていた。

彼の手には卒業証書を収めた丸い筒。

ちなみに桜の木の下で告白したらカップル成立的な都市伝説はありません。残念。

大星先輩は軽く木に触れて、不思議そうに瞬《まばた》きしてみせた。

「でもなんでわざわざこんな場所に呼び出したんだ？　家でいくらでも会えるのに」

「学校で会えるのは今日っきりじゃないですか」

「もともとあんまり会ってなかったような……」

「会わない、と、絶対に会えなくなる、の間には深い溝があるんですよ」

「そういうもんか？」

「そういうもんです」

正直、それはただの詭弁《きべん》だった。ここに呼び出した目的は他にある。

家で話す大星先輩は、私のことを明確にプロデュース対象の役者として扱っている。言動の端々、距離の取り方、細かいところから明《あき》らかだった。

私がただの、いち後輩。いち女の子として見てもらえるチャンスは、学校にしかない。


——告白する。


私はそう決意して、大星先輩を呼び出したんだ。

正直、焦《あせ》ってたんだと思う。

一週間前、橘さんから届いたＬＩＭＥにはこう書かれてた。

『前に話した大物プロデューサーの件、進捗ッス！　なんとなんと、メジャーデビューを視野に入れて本格的に面倒見てもらえることになりました！』

これまでよりも忙しくなるから会える時間は減る、中学を卒業したら高校に通わず音楽活動に専念する、ゲーム制作には引き続き陰ながら協力する……そんな文章が続いていて。

数少ない、友達、と呼べる子に置いて行かれた気分になって。

そして今日。大星先輩も、私を残して中学からいなくなる——。

先輩と後輩。永遠に縮まらない一歳差。望んでも互いの時計の針が進む速さは変わらないのに、突然の魔法が解決するのを夢見てしまう。

だって、家でも会えるっていうのは、あくまでもゲーム制作があってのことで。

役者の道を目指す私と、プロデュースしてくれると言った彼の、何の契約書も交わしてない口約束だけで。確かなものなんて何もなくて。高校に上がって大星先輩の環境が変わったら、いつまでこの関係が続くかもわからない、不安定な足場の上に私たちの関係は立ってるわけで。

だから、繋《つな》ぎ止める何かが欲しかった。

私と大星先輩を繋ぐ、仕事以外の何かが、もうひとつ欲しかった。

「あの、ずっと、言いたいことがあって」

「な、なんだよ。あらたまって」

緊張する。絶対私、顔赤い。

緊張されてる。大星先輩、顔赤い。

言え、言え、言っちゃえ！　どっくん、どっくん、心臓うるさくて煩《わずら》わしいけど無関係。

経験してきた中で最高にハイなキャラよ、私に宿れ！

チェーンソー震わせて、ニトロエンジンぶちかましのテンションぶちぶちAGE☆イェイ！

押せ……っ！　押せ……っ！　押せ……っ！　押せ……っ！

自分を鼓舞する言葉が無限に脳内を駆け巡る。

だけど鼓舞すればするほど脳は焼けて、目はぐるぐる回って血流は止まり、思考は詰まって言葉は消える。

「あ、ああああのっっっ……お、おおぼ、しっ……先輩っ!!　どうか、お願いします!!」

「あ、ああ。な、なんだ?」

素早くぺこりと頭を下げて。誰がどう見ても愛の告白以外の何物でもないポーズで。

私は。


「──センパイ、って呼んでいいですか?」


日和った。

とっさに出てきた、頓珍漢《とんちんかん》な台詞《せりふ》を、吐いていた。

「ん……?　いいけど、もともと呼んでるような」

ですよね。ナイスツッコミ。超正論。

でも完全に日和見モードに入った私は、そのツッコミに乗って軌道修正することもできずに、頭の中で創り上げたでっちあげの適当な話を口から垂れ流す。

「大星先輩、じゃないです。センパイ、です」

「何が違うんだ?」

「私にはセンパイ以外にセンパイはいないぞっていう意思表示ですよ」

「お、おう……?」

「センパイの上にセンパイを作らず、センパイの下にセンパイを作らず、ってやつです」

「まったくわからん」

私もです。

でも、ちょっとだけ距離が近づいた気がするし、まあいっか。

「桜の木の下には死体が埋まってるって、よく言うじゃないですか」

「言うけど、まさに桜の木の下に立ってるいま言われると怖いんだが」

「こんな綺麗《きれい》に咲いてる桜ですから、さぞかし霊験あらたかな仏様になってると思うんですよ」

「スピリチュアルなこと言うなぁ。彩羽教団か？」

何ですかその謎《なぞ》教団。いや、私も意味不明な話をしてる自覚ありますけど。

「仏様の前で約束してください」

「約束？」

「最後まで責任持って、私をプロデュースすること」

――その関係が続く限り、私がいくら日和っても繋がりが断たれることはないから。

たとえ、永遠に一年の差が縮まらなくても。

「ああ、なんだ。そんなことか」

大星先輩は――センパイは、何をいまさら、とでも言いたげにフッと笑う。

子ども扱いされてるような気がしてムッとした。

だけど。

「心配すんな。俺《おれ》は自分の青春全部捧《ささ》げる覚悟で臨むんだ。——絶対に、裏切らねぇよ」

力強くそう断言してくれたから。

ああ……。

やっぱり、良いな。

センパイに、一生ついて行こう。

そう思えた。

*

あの日は心の隙間《すきま》を埋めてもらえた。

でもそれは爪《つめ》の先でちょろっとこすればラクラク剝《は》がれる、ただのパッチワークで。

《5階同盟》の活動を取り上げられたら、私はまたひとりぼっちの海に投げ込まれてしまう。

今度は一人芝居で気をまぎらわすことさえ、つらくなってしまうかもしれない。

あの卒業式で私は、『大星先輩』にグッバイしたけれど。

いま『センパイ』とグッバイするのは、嫌だ。

「橘さんの曲……」

何かにすがりたくて、私はスマホを取り出した。

家で契約してもらってるやつじゃなくて、センパイに支給してもらった秘密のスマホ。

音楽配信アプリを立ち上げて、目的のアルバムを開いた。

『友達の妹がオートジャイロ美少女』——橘さんがロックバンド《浅草下町メタル》との合同制作で、初めて出したインディーズアルバム。

私とセンパイの関係に着想を得た、というらしいこの曲は、私にとっても大事な一曲だ。

よくセンパイの部屋で爆音で流してる曲。

ヘッドホンは持ってきてないから、音量を最小にして聴いてみる。

高校に入学してからほとんど会えてないし、連絡も取らなくなってしまった中学時代の友達。

橘さんのほうはかなり忙しいみたいで、『黒き仔山羊《こやぎ》の鳴く夜に』の楽曲収録の立ち合いも、私と予定が合うことがなくて。音井さんづてに活躍を耳にするくらいの遠い距離に行ってしまった。

私が役者の道を諦めたら、いよいよ交わることはなくなるんだろう。

ぽっかりと空いたような空虚感。

「茶々良《さ さ ら》は無関係に友達だけど。……茶々良だけ、っていうのはなぁ……」

『てめ、ふざけんなし！　アタシと友達やれてっとかありがたく思えよな⁉』

なんてツッコミが脳内再生余裕。

ウザいところのある友達だけど、こうなってくると茶々良の存在だけでも救われる。

ざわざわ……ざわ……。

「ん？」

ふと、背後のボロ小屋が騒がしくなった。

ダストボックスの陰からこっそりと顔を出してみると、スタッフらしき人たちが忙しそうに何かの準備をしていた。

漏れ聞こえてくる会話から察するに、どうやら夜のパレードに向けた準備らしい。

もしかしてここ、関係者以外立ち入り禁止だったのかな。

周りを見ずにひたすら走ってきたから、変な場所に迷い込んじゃったのかも。

うわわ、マスコットの着ぐるみが脱ぐ瞬間、見ちゃった！

中の人はいません、が公式見解の着ぐるみ業界。その中の人を目撃してしまった私は大罪人なのでは⁉

どうしよう、ここにいるのバレたら消されるかも！

と、焦る気持ちは一瞬で消えた。

「…………。いいなぁ……」

パレードに臨もうとするスタッフの人たちは、みんな楽しそうな顔をしている。
誰かを演じて、非日常の中で踊る。
私もあの煌びやかな世界で、楽しく笑いたい。
友達と。仲間と。そして、誰よりも――。

センパイと。

epilogue2

Tomodachi no imouto ga ore nidake uzai

エピローグ２　翠は見た

秋の日はつるべ落とし。脳内辞書から引用したことわざがしっくりくるくらい日没は唐突に。

天地堂《てんちどう》エターナルランドの園内もにわかに落ち着いた空気が満ち始めていた。

けれどこれは嵐《あらし》の前の静けさ。

あと十分もすれば夜のパレードの時間。大人たちも子どもたちも不思議な魔法にかけられて、ゲーム世界の住人《マスコット》たちとどんちゃん騒ぎを始める。

来場客の興味がパレードの通り道である中央——巨大な城のオブジェに向く中、修学旅行中のいち高校生である私、影石翠《かげいしみどり》はただまっすぐに空を見上げていた。

否。空の方向の、人工物。

観覧車のゴンドラを見つめていた。

「大星《おおぼし》君と月ノ森《つきのもり》さん、二時間以上乗ったまま降りてこない……」

さっき偶然、観覧車に乗ってる二人の姿を見かけて、つい出来心で草葉の陰からその行方《ゆくえ》を見守っていたんだけど……。

観覧車がどれだけ回っても二人はいっこうに降りてくる気配がない。

何周も、何周も。何周も何周も何周も。回る回る密室の中で、男子と女子で二人きり。

「こんなの絶対やらしいよ」

二人が降りてくる瞬間を見届けるまで目を離せない使命感と、火照った顔でゴンドラから降りてくる二人を目の当《ま》たり《あ》にしたら精神崩壊しそうな恐怖感の狭間《はざま》で揺れ動いた私の思考回路は爆速回転、ＩＱ300の処理能力でひとつの結論を導き出し――

「お、大星君の……すけこましーっ!!」

――逃走した。

＊

影石翠が去った十秒後、ゴンドラから降りてきた大星明照《あきてる》は見慣れた背中とポニーテールに、おや、と声を上げた。

隣の月ノ森真白《ましろ》が不思議そうに首を傾《かし》げる。

「どうしたの、アキ」

「いや、いま翠部長がいたような気がして……気のせいかも」

二人の声はすでに立ち去った翠の耳に届くはずもなく。

翠の誤った認識はＩＱ300の頭脳の高速処理能力で加速度的に膨らんでいき、盛大にすれ違ったまま、真実から遠ざかっていくのであった。

epilogue3

Tomodachi no imouto ga ore nidake uzai

エピローグ3　社長定例

観覧車から降りてすぐ、何となく聞き覚えのある声が聞こえた気がして目をやると、人混みの中に溶けていくポニーテールが見えた気がした。

おや、と思わず声にすると、隣の真白《ましろ》が首を傾《かし》げる。

「どうしたの、アキ」

「いや、いま翠《みどり》部長がいたような気がして……気のせいかも」

「真白と長時間密室にいた挙げ句、降りたらすぐに他の女を気にするんだ。……最低」

「や、違うんだって！　すぐ拗《す》ねるなよ」

「……ふん、だ」

つんと不機嫌に顔を逸《そ》らす真白。腕組む姿はＴＨＥツンデレ。

どう機嫌を取ったものかと困り果てていると、真白がぼそりと口を開いた。

「でも、今の話だと彩羽《いろは》ちゃんの性格って昔の友達の影響だった……ってこと？　あのウザい様子も、本物じゃない、とか？」

「いや、さすがにそれはないと思う。──たしかに彩羽は真似をするようにいろいろな演技をしてきたが、自分の中にまったく存在しないものは出せないはずだし」

だいたい、そもそも。

「あの俺《おれ》ん家での突き抜けたリラックスっぷりは、演技でどうこうできるもんじゃないだろ。橘《たちばな》だって、もしも家に呼んだらああはならないと思う」

「それはたしかに……」

「とはいえ、影響がゼロってわけでもないだろうし。ある意味で、そこがあいつの役者としての課題でもある気はするんだよなぁ」

俺の前でだけウザさを発揮する状態（今は真白とか友坂《ともさか》茶々良《さ　さ　ら》とか、出せる相手は増えてきたけど）――それはつまり彩羽自身の『本当のキャラ』を認識してもらえる機会が少ないってことだ。

人間の本性はどう定義されるのか？　その答えは自分自身の中にあるものだけじゃなくて、大勢の第三者による共通認識をもって確かなものとなる。

今のままだと彩羽は、役作りが上手《うま》すぎるがゆえに、どれが本物の彩羽なのかがわからないと思われてしまうし、彩羽自身も自分の在り方の境界が曖昧になってしまう気がする。

演技の本質は、役を通して自分自身の再発見をすること――。

だとしたら、自分を見失いやすい状況は変えていかなければならないわけで。

彩羽がもっと上を目指すにあたって、ひとつの壁になるような予感がしていた。

と、真白とそんな会話をしていると――。

「ＬＶＩＰ様！　お待ちください！」

作業服の女性があわてたように駆け寄ってきた。

観覧車のスタッフの人だ。

「あっ、はい。何でしょう」

「弊社代表の天地《あまち》からの伝言がございます。このあとすぐに運営事務局の局長室に来てほしい、と。大星《おおぼし》様が一人で来るようにとも申しておりました」

「えっと、もう遅い時間なのでホテルに戻りたいんですけど……」

「至急、来るようにと」

「……もしかして、観覧車で長居しすぎてたのまずかったですか？　ＬＶＩＰとはいえ非常識だったかなぁといまさら思わなくもないんですが……」

「あっそれは平気です。全然余裕です」

なんだ、余裕か。

だとしたら、いったい何の用だろう？

「私は末端なので詳しい用件は伝えられていませんが……『イロハ』の三文字だけ伝えたら、ＬＶＩＰ様は理解できる、とだけ」

「……ッ」

ああ……確かに、伝わった。

嫌な予感がビリビリ伝わった。

彩羽。

乙羽《おとは》さんの口から俺に対して、その名前が伝えられる――それも、緊急の呼び出しっていう、極めてシリアスな局面で。

それが何を意味するのかわからないほど、俺は鈍感じゃない。少なくとも、仕事が絡《から》む件については。

「アキ……これって……」

「大丈夫だ、真白」

不安そうに袖《そで》を引く真白を安心させるように俺は、ぽんと肩に手を置いて笑う。

天地堂エターナルランドに到着したばかりの頃は、突然ラスボス出てくんなって気分だった。

心の準備ができてなさすぎて、本気で焦《あせ》った。

でも、観覧車の中、長い時間をかけて過去を振り返って。

自分自身の黒歴史と向き合ったいまなら――。

すこしはマシってもんだ。

「決着をつけてくる」

天地乙羽。またの名を、小日向《こひなた》乙羽。

ラストダンジョンで戦うべきラスボス。

彩羽を縛る鎖の元凶であるあの人に、プロデューサーとしての覚悟の剣を突き立てるんだ。

＊

装飾がたっぷりあしらわれた両開きの荘厳な扉を開けると、これまたＲＰＧの王室かと錯覚するような豪奢《ごうしゃ》な部屋が待ち受けていた。

床は真《ま》っ赤《か》なペルシャ絨毯《じゅうたん》。天井《てんじょう》はシャンデリア。アホみたいに大きな花瓶《かびん》。古代の魔法書でも収納されてそうな古めかしい本棚に、絶対何も入ってない宝箱。壁には代々の天地堂経営者の写真が音楽室のベートーベンとかバッハかってくらい並んでる。

ただ金がかかっているだけでなく、しっかり架空の世界らしくまとめているところがゲーム企業としての矜持《きょうじ》を感じさせた。

その奥。玉座……では、さすがにないが、偉い人が座るためだけに造られたと一目でわかる椅子《いす》に彼女は座っていた。

天地乙羽、あるいは、小日向乙羽。

「よく逃げずに来ましたねー。偉いどすねー」

「そのごくたまーにだけ京言葉になるのは、何なんですか」

「あらいけない。お相手を警戒しとると、ついこうなってしまうんどすー」

手で口元を隠しながらそう言うと、乙羽さんは片手で「どうぞ」とソファに座るよう促した。

俺も警戒しつつ腰を下ろす。

……そういえば、わかりやすく京言葉を使われたのは月ノ森《つきのもり》社長に誘われた会食で、初めて天地堂社長としての乙羽さんと会ったときだけだ。

それ以外に会ったときはわりと普通の丁寧語に近い口調だった気がする。

あのときはてっきり仲の良い月ノ森社長が一緒だから、素の京言葉が出ているのかと思っていた。

ビジネスのシビアな話をするとき。相手を信用しきれていないとき。エセっぽい京言葉が出るのだとしたら。

今の俺、相当警戒されてるんだろうな。

そりゃそうか。

大事な娘を悪の道に誘ったクソ男。乙羽さんの目に、俺はそう映っているのだから。

「賢い子ですねぇ。もう用件は察してはるんでしょう?」

「ええ、まあ。彩羽について、ですよね」

「あの子を役者にしようと、いろいろと手を尽くしているとか。難儀ですねー」

「すみません……とは、言いません。俺は間違ったことは、してませんから」

「結論から言わせてもらいます」

京都っぽいイントネーションの語尾でそう言って、乙羽さんはこう続けた。

「彩羽の役者活動を許しましょう」

「…………え？」

いま、なんて言われた？

許しましょう、って言われたのか？

あまりにも予想外な言葉を投げかけられて、頭の中で事前に用意していた言葉は全部どこかへ消え去った。

彩羽の一人芝居の虚《むな》しさとか。

役者の道を進む彩羽の楽しそうな様子とか。

皆で物を作りながら人間としても強く、たくましく、成長していった事実とか。

溢《あふ》れんばかりの才能とか。

乙羽さんに彩羽の活動を認めさせるためのプレゼンを脳内で何度も何度もシミュレーションして挑んだ、ラストダンジョン。

それなのに何もしないまま認められるなんて……。いや、それが一番効率的だし、効率厨の俺にとってはコスパ最高の結末だと喜ぶべきなんだけど。

どこか肩透かしを食らったような、登っていたハシゴを急に外されたような。

あまりにも不意打ち。あまりにも強すぎる、ある意味でのパンチライン。

下あごに的確に決められた俺はもう精神脳震盪《のうしんとう》状態、言葉を失って、乙羽さんの唇が動くのを見ていることしかできない。

ただし——と、ルージュが引かれた大人の唇は、三回動いた。

そして、ただでさえふらついている俺の腹に……そのド真ん中、トドメとばかりに重い一撃をお見舞いしてきた。

「大星明照《あきてる》くん。あなたには、プ、ロ、デ、ュ、ー、サ、ー、の、立、場、か、ら、退、い、て、も、ら、い、ま、す」

あとがき

こんにちは、作家の三河《みかわ》ごーすとです。『友達の妹が俺にだけウザい』シリーズ最新10巻、お買い上げいただきありがとうございます。そして前巻から大変お待たせして申し訳ありません！　修学旅行編からシームレスに突入した過去回想編という謎構造ですが、楽しんでいただけたでしょうか？　過去編ということで必然的にオズとの関係や音井《おとい》さんとの馴れ初めにも踏み込んでいくエピソードとなっており、作者としても早く書きたくて仕方なかったお話です。初登場時から頑なに伏せ続けてきた音井さんの下の名前も明らかに……予想が当たっていた、という読者の方はいらっしゃいますでしょうか。当たっていた方はおめでとう。トイレに行く権利をあげます。

今回は私が音井さんを好きすぎて音井さんめっちゃ出番が多くて担当編集から「趣味を反映させすぎやろ」とツッコミを受けましたが、そこは極めて論理的に「うるせえ音井さんに光を当てて何が悪いんだ！」と駄々をこねて押し通しました。とても満足です。

謝辞です。

イラストを担当されているトマリ先生。今回も最高のイラストをありがとうございます！

中学時代の塩対応彩羽《いろは》がこれまでとはまた違った魅力満点で最高でした。新キャラの橘《たちばな》も、まさに「橘ァ！」と言いたくなる神造形（意味不明ですがニュアンスで悟ってください……）で、最高でした。ヤンキー時代の音井さんも滅茶苦茶魅力的でした！　彼女たちをもっと輝かせるような物語を書いていけるよう努力するので、今後ともどうぞよろしくお願いいたします。

コミカライズを担当されている漫画家の平岡平《ひらおかひら》先生。影石村《かげいしむら》編に突入してますますキャラ達が活き活きしていて、毎度ニヤニヤしながら読ませていただいています。『いもウザ』の世界を楽しく描き切ってくれてありがとうございます！

担当編集のぬるさん、原稿ギリギリの進行で本当に申し訳ないです。〆切を一ヶ月遅らせるのはさすがにまずいと反省し、次からは〆切一週間遅れで済むように頑張ります。これからもめげずによろしくお願いいたします。

ＧＡ文庫編集部および関係者の皆様、いつも本の発売に際してあらゆる点でご尽力いただき本当に感謝しています。これからもどうぞよろしくお願いいたします。

そして何よりも読者の皆様に感謝を。10巻を最後まで読んでくださった方はすでにお分かりかと思いますが、ここから更に怒涛の展開が待ち受けています。明照《あきてる》や彩羽たちがどうなってしまうのか、引き続き楽しみにお待ちいただければと思います。

以上、三河ごーすとでした。

『いもウザ』次巻予告！

消えた明照。どうなる《５階同盟》!?

彩羽の役者活動を認める代わりに
提示された条件とは……
明照が彩羽のプロデュース活動から降りること！

天地堂社長である乙羽に彩羽の未来を託し、
音井さんに当面の《５階同盟》の活動を預け、
明照はひとり姿を消した。

このまま彼は彩羽や仲間たちの前から消えてしまうのか？
それとも何か秘策があるのか？
すべてを知るのは――
（何故か）アイドル編集・綺羅星金糸雀だけだった。

**修行パートで社会人アイドルお姉さんに
飼われてドキドキ♡な
大人のいちゃウザ青春ラブコメ第１１弾☆**

「カナリアさん、マッサージしましょうか？」

「この秘密の関係…バレたら
速攻☆炎上☆大バクハチュン♪」

「大丈夫ですよ真白先輩。真白先輩には私がいますから」

「ありがとう、彩羽ちゃん。……だいすき」

「ねえ乙馬くん。
この展開、カプ厨のアタシはどう受け止めればいいの？」

「萌えればいいと思うよ」

『友達の妹が俺にだけウザい11』

2023年発売予定!!

待っててね、セーンパイ☆

※セリフはプロット段階のものであり、 製品版にはひとつも採用されない場合があります。ご了承ください。

ファンレター、作品の
ご感想をお待ちしています

〈あて先〉

〒106－0032
東京都港区六本木2－4－5
SBクリエイティブ（株）
GA文庫編集部 気付

「三河ごーすと先生」係
「トマリ先生」係

本書に関するご意見・ご感想は
右のQRコードよりお寄せください。

※アクセスの際や登録時に発生する通信費等はご負担ください。

https://ga.sbcr.jp/

友達の妹が俺にだけウザい 10

発　行　　2022年10月31日　初版第一刷発行

著　者　　三河ごーすと
発行人　　小川　淳

発行所　　SBクリエイティブ株式会社
〒106-0032
東京都港区六本木2-4-5
電話　03-5549-1201
03-5549-1167（編集）
装　丁　　AFTERGLOW

印刷・製本　中央精版印刷株式会社

ISBN978-4-8156-1600-7
Printed in Japan　　GA文庫